– 1 –

« Pois de senteur ». Répétez à mi-voix en détachant bien les syllabes et imaginant les couleurs : blanc, rosé, mauve, pourpre pour les plus audacieux. Savez-vous que le pétale supérieur du pois de senteur s'appelle « étendard » ? Et « ailes » les deux plus fins qui l'enserrent ? Que le pistil est son organe de reproduction où l'abeille plonge sa trompe, en aspire le nectar, l'entrepose dans son jabot et le transporte précieusement jusqu'à la ruche où les ouvrières le mélangent à leur salive afin de la transformer en miel ? Oui, imaginez. Ne vous sentez-vous pas déjà un peu mieux ? Plus léger ?

« *Sweet pee* » en anglais, « *dolce pisello* » en italien – ça chante –, « *guisante dulce* » en espagnol, ce pois a inspiré de nombreux poètes et la célèbre styliste Nina Ricci a tiré de son arôme subtil, légèrement boisé, miellé, un parfum nommé *Premier jour*. Celui d'une naissance, une renaissance ?

Si je vous ai ennuyé, pardon, mais les fleurs sont ma passion et le pois ma préférée.

Je m'appelle Élisa Perron. Pas l'Élisa de la chanson de Gainsbourg qui parle de poux, celle des *Petites Filles modèles* de la comtesse de Ségur, vous vous rappelez ? Camille, Madeleine, Sophie Fichini et Marguerite qu'on a tendance à oublier. Élisa est leur « bonne », celle qui s'en occupe quand leurs mamans ont trop à faire avec leurs belles robes, leurs bijoux, leurs amies et les fêtes qu'elles donnent dans leurs châteaux. C'était une époque lointaine où les dames de la bonne société avaient besoin d'une femme de chambre pour lacer leurs corsets et enfiler leurs bottines, où elles aimaient à se promener nonchalamment dans des parcs ombragés, laissant parfois échapper un mouchoir parfumé qu'un jeune et beau seigneur leur rapportait en ployant le genou et leur déclarant sa flamme.

Aujourd'hui, les enfants préfèrent lire *Fifi Brindacier*, mais, dans un coin de la mémoire de leurs mamans, *Les Petites Filles modèles* continuent à faire la révérence.

Je suis née à Rennes, capitale de la Bretagne, dans un quartier défavorisé prioritaire, la dernière d'une couvée de trois. On dit toujours « la petite dernière », ça me va. Et j'aime le mot « couvée », qui sent bon le nid, l'abri, où les oisillons peuvent développer tranquillement leurs ailes. Et les ailes de Mahaut et de Melchior, ma sœur et mon frère aînés, se sont si bien développées, tirées par l'ambition d'une vie meilleure, qu'ils sont partis loin, très loin, trop loin, dans les terres glacées du Canada où un boulot à leur hauteur les attendait.

Moi, je suis restée.

Nos parents, Jacques et Reine – Reine, quelle drôle d'idée –, sont quincailliers. Ils logent dans leur boutique, ce qui fait que, lorsque nous étions tous là, on vivait les uns sur les autres comme des sardines en boîte. Un coin pour le garçon, un coin pour les filles, lits superposés, moi en bas, sans vue, sans ciel, nez sur les fleurs fanées du papier mural.

Je crois que ce sont elles, ces fleurs auxquelles je me confiais, que je tentais d'appeler par leurs noms, qui m'ont guidée vers mon rêve ; posséder un jour un vrai jardin où je les cultiverais, partagerais leur vie, porterais leurs couleurs, me confierais à elle.

« Simplette », le surnom que m'avait donné Melchior mon frère. D'autres se seraient vexées, pas moi qui pensais à « Simplet » l'un des sept nains de Blanche-Neige qu'on n'a plus le droit d'appeler « Blanche » à cause de la

« discrimination raciale ». Et en plus, le prince lui donne un baiser non consenti, la totale pour ceux qui voudraient que tout le monde pense comme eux. Mais moi, ça me passe complètement au-dessus de la tête.

Et puis il y a les « simples », ces douces fleurs au teint pastel dont certaines font des infusions magiques. Simplette, qui veut dire aussi « modeste », qui ne se hausse pas du col, qui ne méprise pas le menu fretin, ces très petits poissons frétillants que les pêcheurs redonnent à la mer qui prend tout… Simple comme bonjour, la moindre des politesses.

J'ai demandé à grand-tante Charlotte qui a quatre-vingt-un ans et sait écouter comme personne, pourquoi Melchior m'avait surnommée comme ça. Elle n'a pas répondu tout de suite, elle a promené son regard sur moi comme si elle prenait mes mesures, passé le dos de ses doigts sur ma joue pour me dire qu'elle m'aimait quand même, et elle a répondu d'une grosse voix, qui avait connu la guerre : « Bienheureux les simples d'esprit, car le royaume de Dieu est à eux. »

Et même si c'étaient des mots géants, ils ne m'ont pas plu du tout. Et pour lui montrer de quel bois je me chauffais, j'ai décidé d'avoir mon bac du premier coup alors qu'elle s'était arrêtée au certificat d'études.

Bingo !

– 2 –

Rennes est une ville pleine d'Histoire, la grande, celle qui nous raconte nos racines et nous rend plus forts. C'est une ville médiévale, ce qui veut dire « du Moyen Âge », avec, pour rois : Clovis, Childebert, Clodomir et Clotaire, rien que des « C », rien que des cons, hurlent ceux qui détestent les rois et les seigneurs parce que c'était tous des tyrans qui, assis sur leurs trônes, buvaient le sang du peuple. Et quand vous leur dites timidement que certains pouvaient être bons et même honorer leur siècle, ils vous tuent.

Parmi les trésors de la ville, il y a la statue de saint Michel archange terrassant le dragon sous lequel se planque le démon. Et aussi celle de Colbert – encore un C… –, ministre du Roi-Soleil, malheureusement taguée par des jeunes qui se fichent de l'honneur comme de l'an 40, vu que personne n'a réussi à faire entrer dans leur caboche que le passé n'était pas si nul que ça mais eux ça les fait rigoler et si tu les traites d'ignorants, écoute-les « C'est celui qui l'dit qui l'est ».

Qui sait, si je n'avais pas a-do-ré lire dès mon plus jeune âge, malgré mon origine modeste, si je ne serais pas comme eux, pleine de gros rires ou de colère ? Alors je me garde bien de juger.

D'après les experts, un des plus beaux joyaux de la ville, une « œuvre majeure » de l'art contemporain, c'est la statue du « Coup de boule de Zidane ». Une statue en bronze de cinq mètres de haut que l'on peut voir tout écraser sur son passage. Le projet est de l'installer dans le couvent des Jacobins, un autre joyau, lui datant du XIVe siècle – cinq étoiles dans les guides. Mais certains craignent que le footballeur nuise au silence du lieu saint. On verra.

N'empêche que les pauvres Américains, qui n'ont pour ancêtres que des *cow-boys* et aucun berceau où chérir leur passé, nous envient nos rois. Alors, ils viennent en France acheter à prix d'or les vieilles pierres de nos châteaux en ruine, les rapportent chez eux et les reconstruisent à l'identique parce qu'ils ont compris que, sans racines ni passé, tu es comme le roseau risquant d'être emporté par la première tempête.

J'ai fait mes études au collège Antoine-de-Saint-Exupéry, un collège privé très cher qui s'honore d'ouvrir ses portes aux enfants de classes défavorisées et où l'uniforme est obligatoire afin que les favorisés ne friment pas devant les moins avec leurs jeans troués très chers, leurs baskets fluo hors de prix et leurs portables haut de gamme – à laisser obligatoirement à l'entrée du bahut.

Le but de Saint-Exupéry est d'ouvrir l'esprit des enfants qui lui sont confiés et de leur permettre de donner un sens à leur vie en les guidant vers un métier où ils pourront s'épanouir pleinement. Melchior et Mahaut y sont allés avant moi et ils y ont laissé un excellent souvenir. Alors, au début, j'avais peur de faire moins bien, je me planquais au fond de la classe, ce qui ne m'empêchait pas de me défoncer pour relever le défi lancé à grand-tante Charlotte. Et puis un jour, Claude a débarqué et tout a changé.

« Une rencontre, c'est un rendez-vous avec le destin », a dit Paul Éluard, le poète. Bien vu !

Elle s'appelait Claude de Bucy, rien à voir avec le musicien, lui avec deux *s* et sans « de ». Le destin nous avait placées l'une à côté de l'autre dans la classe de 6e A, et pour se moquer méchamment, les autres filles nous avaient baptisées « les jumelles ». Même année de naissance, même mois, même semaine, même signe : le « taureau », d'après grand-tante : générosité, gourmandise, loyauté, persévérance – rien que ça, tout ça.

Sauf que plus différentes que nous, y avait pas.

Elle, fille unique, moi troisième de la couvée. Elle 1,76 m, moi, dix centimètres de moins. Elle, belle, longs cheveux blonds, grands yeux bleus, moi seulement jolie, brune aux yeux marron. Elle, une tige, moi, capitonnée. Et pour le QI, je ne vous dis pas.

Ses parents étaient des grands bourgeois avec, sur leur arbre, un marquis qui les rendait très fiers. Ils habitaient un quartier huppé de Rennes, vue sur le parlement. Moi, vous savez. Et chaque matin, un chauffeur en uniforme déposait Claude au collège et revenait la chercher le soir en lui ouvrant la portière et l'appelant « Mademoiselle ».

Mais c'était pas pour ça que je l'admirais. Écoutez !

À sept ans, l'âge de raison, elle avait jeté à la poubelle la moitié de son prénom : Marie. Porter le nom d'une sainte, vierge par-dessus le marché, pas question. Et puis Claude tout seul, qui faisait aussi bien fille que garçon, lui allait bien mieux. Et ses pauvres parents, même s'ils étaient très riches et que tout le monde leur léchait les pieds, avaient bien dû finir par s'incliner.

Moi, je crois que c'est comme ça qu'elle a fait son premier pas vers la cause des femmes. Et j'ai suivi comme un seul homme parce que quand t'as un frère aîné d'l,90 m, qui passe son temps à gonfler ses biceps en te regardant comme une quiche, et qu'en plus il t'a baptisée « Simplette », le moyen de faire autrement ?

Et chaque matin, dans la cour de Saint-Exupéry, Claude et moi, bien droites sur nos pattes, nous saluions fièrement le lever du drapeau : « Aux armes citoyennes. »

Ce qui me turlupinait grave, c'est que je ne comprenais pas pourquoi Claude m'avait choisie, moi, alors que dans la classe, toutes les filles venaient du gratin comme elle, jouaient au tennis, au golf, montaient à cheval et partaient en vacances, l'été à la mer dans des villas, l'hiver à la montagne dans des chalets. Tandis que moi, je n'avais pour jouer que ma console pourrie et passais mes vacances, hiver comme été, dans le camping-car de grand-tante Charlotte, qui ne roulait plus depuis que son moteur avaient lâché.

En plus, à la cantine où Claude venait toujours s'asseoir sur mon banc, j'étais hyper gênée parce que à cause du marquis sur son arbre, on ne mangeait pas de la même façon. Elle, piquait du bout de sa fourchette, un petit morceau de pain pour saucer son assiette, moi, me mettant de la sauce jusqu'au coude. Elle, jamais les coudes sur la table et essuyant les coins de sa bouche avec sa serviette avant de boire et après. Moi, oubliant les coudes et la serviette.

Maman m'avait inscrite à l'étude de 5 heures de l'après-midi parce que à la maison il n'y avait pas assez de place ni de silence pour que je puisse faire correctement mes devoirs et apprendre mes leçons. La mère de Claude c'était parce que le couple travaillait jusqu'à pas d'heure dans leur entreprise de boulons, écrous et tiges filetées – les mêmes qu'à la quincaillerie, sauf qu'eux avaient cinq mille employés – et qu'elle ne voulait pas que sa fille se retrouve seule – abandonnée dans leur immense appartement, avec la femme de chambre et la cuisinière. Mais finalement, c'était tout bénef' pour nous deux, parce que Claude m'aidait pour les maths où j'étais nulle et moi je lui apprenais à rire à mes dépens et que le rire est important : il suce les larmes.

Dans le livre d'Antoine de Saint-Exupéry *Le Petit Prince*, qu'au collège on connaissait forcément toutes par cœur, il y a une rose, très belle et très orgueilleuse, qui pense que le ciel lui appartient et que tous les regards, pleins d'admiration, sont fixés sur elle. La rose, c'était Claude et moi l'admiratrice. Et puis, un jour où elle était très en colère, toute rouge et envoyait des coups de pied partout, plus belle du tout, je m'étais dit que peut-être, de nous deux, c'était moi la plus forte et elle la plus fragile. Et je l'avais même plainte.

Surtout le lui dites pas, elle me tuerait.

– 3 –

Imaginez un important village d'un peu plus de deux mille habitants, bercé par le chant d'une rivière qui lui a donné son nom : Montreuil-sur-Ille.

Imaginez, tout près de ce village, une maison coiffée d'un camaïeu gris d'ardoise, aux murs à colombages, avec un grand jardin peuplé de pois de senteur multicolores, campanules violettes, mauves anémones, jaunes capucines, toute la palette. Sans oublier la rose aux quatre épines du Petit Prince qui clame qu'elle ne craint rien, tout en vous glissant à l'oreille qu'elle a besoin de vous pour boire à sa soif.

Ajoutez à l'ensemble : fraisiers, framboisiers et un groseillier à maquereau, ce vilain nom qui nous rappelle qu'autrefois ce fruit se dégustait avec le poisson. Et n'oublions pas Gribouille, un chien tout fou, tout gentil, juste un peu trop gourmand à mon goût. Voilà, vous êtes chez moi, à la Buissonnière, dans mon rêve de petite fille.

Depuis le lycée, beaucoup, beaucoup de temps a coulé, des années qui s'envolaient comme des hirondelles, des courbées par le vent, du temps béni, du temps perdu, des portes ouvertes, des trop vite refermées. Et aujourd'hui, 12 mai, jour de l'Ascension – montée de Jésus au ciel pour les croyants, super nom-bronzette pour les autres – on fête mes vingt-sept ans à la maison. Vingt-sept, l'âge où les bougies ne tiennent plus toutes sur le gâteau alors on les remplace par deux grosses chandelles au risque de casser la meringue. Et même si elles font un feu d'artifice quand on les allume, c'est moins joli que toutes ces petites flammes qu'il faut souffler d'un coup : mariage assuré dans l'année.

J'avais dix-huit ans, mon bac littéraire en poche – eh oui grand-tante Charlotte. Il fallait voir ma joie et celle des nombreux reçus, que les adultes s'efforçaient de gâcher en ricanant qu'aujourd'hui le bac est donné à tout le monde et ne vaut plus un clou, quand le destin avait mis le Prince charmant sur mon chemin. Riez si vous voulez, on ne guérit pas de ses rêves de midinette, ou bien on devient ennuyeux comme la pluie.

Et il pleuvait, ce matin-là, où maman m'avait envoyée au supermarché de Rennes pour la

« semaine réduc ». J'en sortais, les bras chargés de nourriture-promo, quand j'avais trébuché et m'étais étalée sur le trottoir avec mes provisions. Un bel homme, un gentilhomme, s'était précipité pour me ramasser et j'avais eu honte à cause des étiquettes « prix réduits », répandues partout, mais il n'avait pas eu l'air de le remarquer.

Il m'avait invitée à boire un pot de réconfort, m'avait posé dix mille questions sur moi, ma vie, mes envies, tout. Félicitée pour mon bac du premier coup, refélicitée pour mon choix d'horticulture, déclaré que j'étais « fraîche et vraie », demandé mon numéro de portable, inscrit le sien sur le mien et fait jurer – croix de bois, croix de fer – qu'on se reverrait.

Lui, c'était Hervé Genévrier, comme l'arbuste qui s'appelle aussi « Jupiterius », ce qui lui avait valu plein de moqueries à l'école, comme moi mais pour des raisons contraires – lui Jupiter, moi Simplette. Il avait vingt-trois ans, il était charpentier de père en fils : une entreprise florissante c'est-à-dire pleine de fleurs qu'on ne voit pas à la campagne, tout près de Rennes.

On s'était revus comme promis, on avait été emportés par un tourbillon, même si un philosophe a dit : « Au cœur d'un tourbillon, nul ne peut mesurer la tempête. »

Et la tempête était bien là, elle s'appelait « Édith », la mère d'Hervé, qui s'opposait de toutes ses forces à notre mariage à cause de la « mésalliance ». Une mésalliance, c'est quand l'un des deux n'est pas du même milieu social et qu'en plus tous les sous sont du même côté, le bon, celui d'Édith. Hervé, fils de riches entrepreneurs, moi, fille de quincailliers minables.

Et comme si ça ne suffisait pas, voilà que Claude s'y mettait aussi, faisant le *forcing* pour m'empêcher d'épouser l'homme de ma vie.

Écoutez-la :

« Te marier avec le premier qui te demande, sans pouvoir comparer, tu vas droit au casse-pipe ; mes leçons ne t'ont donc rien appris ? »

Les leçons d'éducation sexuelle qu'elle me donnait à Saint-Exupéry en m'entraînant sur les sites pornos – haute définition, qualité au rendez-vous, pépites assurées – qu'elle fréquentait depuis son plus jeune âge. Entre autres : « Porno XXL », « Tu baises ? », « Chatte-moi », « Durty Suzy », n'en jetez plus, la libido est pleine.

Moi, je trouvais ça assommant : toujours la même minuscule histoire, la même gymnastique, les mêmes cris d'animaux, les mêmes orifices en gros plan même pas beaux ! Et puis, pour mon éducation sexuelle, je ne l'avais pas attendue, ni personne, quand, la nuit, à la quincaillerie, j'entendais mes parents se donner un peu de bon temps derrière la cloison en papier de ma chambre, avec des « Ah », des « Oh », des « Fais gaffe aux enfants », des rires étouffés et, pour finir, un grand silence avec toute la mer dedans.

« OK, j'avais répondu à Claude. Je vais peut-être au casse-pipe mais un, j'adore les surprises. Deux, je préfère attendre le grand soir. »

Et Claude avait ri, un rire avec de la tristesse dedans, parce que, du côté des surprises, c'était râpé depuis longtemps pour elle, et que le « grand soir », ça ne lui parlait que de révolution, de guerre, de sang.

Et l'amour avait fini par triompher : Hervé et moi nous étions mariés dans la plus stricte intimité, Claude et Thomas – le frère aîné d'Hervé – pour témoins. Un an plus tard, Lucas arrivait, suivi de près par Paméla, « Pam ». Après, on avait décidé de faire attention.

C'est donc le 12 mai, l'Ascension, mon anniversaire. Il fait beau et j'ai dressé la table dans le jardin. Autour : Lucas et Pam, huit et six ans, mes parents et Claude. Du côté de ma belle-famille, seulement Thomas, parrain de Lucas, qui se fiche bien des mésalliances.

On a commencé le saumon à l'oseille accompagné d'une bonne bouteille offerte par Claude. Claude qui se croit *fun* en lançant le sujet à la mode : la lutte des femmes. Aujourd'hui, la peur a changé de camp et ça ne fait que commencer, ils vont voir ce qu'ils vont voir, les enfoirés. Ça devient carrément lourdingue, surtout que les hommes sont en nombre inférieur et tous acquis à notre cause.

Après fromage et salade, le grand moment est venu ; maman a changé les assiettes. Tous les regards sont fixés sur Pam à qui revient l'honneur de porter le gâteau jusqu'à la table : un fraisier recouvert d'une fine couche de meringue où mon prénom est inscrit. Lucas, fier comme Artaban, s'apprête à enflammer les bougies. C'est fou ce qu'il ressemble à son père. Et voilà que je ne suis plus là. Je suis de retour à ce matin pluvieux où, sortant du supermarché de Rennes, je m'étais étalée sur le sol avec mes provisions et où le bel inconnu des contes de fées m'avait ramassée en me disant plein de mots choisis que je n'avais encore jamais entendus jusque-là.

Peut-être vous êtes-vous étonnés que je parle si peu de lui en ce jour de fête ? C'est qu'il nous a quittés.

– 4 –

C'était trois semaines avant Noël. Nous étions allés acheter le sapin en grande pompe avec les enfants chez un horticulteur ami qui nous le reprendrait quand il commencerait à perdre ses aiguilles pour lui offrir une seconde vie. Il trônait tel un seigneur dans le salon, l'étoile d'argent à sa cime, et chaque jour il recevait une nouvelle guirlande, une nouvelle boule irisée, en attendant le grand flamboiement du 24 au soir grâce à la fée Électricité.

Pam croyait encore au père Noël, alors Lucas faisait semblant pour ne pas gâcher son plaisir. Dès l'arrivée du sapin, elle avait déposé une sandalette à son pied et tous les matins, à peine éveillée, elle courait aux nouvelles au cas où le vieux monsieur à barbe blanche se serait trompé de jour. Avec toutes ces cheminées à garnir, pensez !

Et Hervé riait en disant que la fille avait hérité de l'imagination de la mère.

Comme chaque année, nous avions choisi ensemble les cadeaux des enfants. Pour Lucas, l'appareil photo à impression dont il rêvait. Pour Pam, un château rose en kit avec une princesse apparaissant à la fenêtre. Arrête de rire, Claude.

Le cadeau qu'Hervé me ferait à moi, ou plutôt qu'il « nous » ferait, je le connaissais depuis longtemps : un voyage au Québec, à Hamilton, où nous fêterions le premier de l'an avec Melchior et Mahaut. Ils n'étaient revenus que deux fois en France depuis leur installation là-bas et j'ai si peur qu'ils m'oublient. « Loin des yeux, loin du cœur. » Décollage prévu le 27 à l'aube, pas de problème pour les enfants, leurs grands-parents s'installeraient chez nous en espérant pouvoir ajouter à leur album rétro plein de photos papier, de celles que l'on peut caresser du doigt et même embrasser les jours de spleen.

Et Édith, dans tout ça ? Comment serait Noël pour elle ?

Bien obligée, elle offrirait une broutille aux « intrus » et un chèque au fils indigne… Oui, une « intruse », c'était bien ce qu'il me semblait être à ses yeux. Mais si pour ma part ça m'était complètement égal, que les enfants soient ignorés de leur grand-mère me fendait le cœur.

– On n'y peut rien, elle est comme ça, d'un seul bloc, avait soupiré tristement Hervé quand j'avais osé lui en parler, car nous nous disions tout. Tu ne la changeras pas : tout ce qui vient de toi est forcément mauvais.

J'avais tenté de plaisanter :

– Ce qui veut dire qu'en m'épousant, tu t'es montré héroïque ?

– De l'héroïsme il m'en aurait fallu pour renoncer à toi.

Le grand frère d'Hervé, trois ans de plus que lui, traitait Lucas et Pam un peu comme ses enfants depuis son divorce à l'amiable avec Sylvia – la pire erreur de sa vie – qui refusait de lui en donner, faisant passer sa carrière de magistrate avant tout. Il les couvrait de cadeaux, les emmenait au parc d'attractions « Ange Michel », où Lucas s'élançait pour l'aventure dans un side-car volant ou dans un avion – tête en bas – à cinq mètres de haut, tandis que Pam se promenait dans la « Ferme foldingue » en compagnie de cochons riant à gorge déployée en tire-bouchonnant leur queue. À moins qu'elle ne préfère tourner en musique sur les chevaux du Carrousel.

Et mon gentil mari prêtait avec bonheur ses enfants à son frère aîné parce qu'il l'admirait et que c'était autant de pieds de nez adressés à

« Folcoche » – folle cochonne –, comme ils avaient surnommée leur mère, surnom emprunté à un personnage du grand romancier Hervé Bazin. Et ça les faisait se tordre de rire.

Je crois que Georges, mon beau-père, m'aimait bien. Surtout depuis que je lui avais dit qu'il ressemblait à de Gaulle, ce qui était vrai pour la haute taille, la petite moustache et les grandes oreilles. Mais jamais il n'aurait osé me montrer son affection de peur de représailles de sa moitié – pardon – son « trois quart ».

Et puis, ce matin de 12 décembre un peu avant midi, Thomas frappe à ma porte et, devant son visage gris, je comprends tout de suite qu'un grand malheur s'est produit, mais je me tais pour conjurer le sort.

Il m'entraîne au salon, s'assoit près de moi sur le canapé-lit où Hervé dort quand il part dès l'aube à son travail pour me laisser terminer ma nuit tranquillement. Il prend mes mains dans les siennes, plonge ses yeux pleins de chagrin dans les miens.

– Élisa, ma chérie, il va falloir t'armer de courage.

Et sa voix, bien trop douce, comme s'il s'adressait à une blessée d'avance, plus son « armer » qui parle de guerre, font chavirer mon cœur.

Et c'est bien la guerre qui se prépare. Ce matin, à peine arrivé sur le chantier, Hervé a chuté d'un échafaudage. Les pompiers l'ont transporté à l'hôpital Pontchaillou de Rennes, Thomas en revient directement.

Quand il a prononcé le mot « pompiers », je me suis souvenue d'avoir entendu une sirène alors qu'en toute innocence je buvais mon café au lait à la cuisine.

J'ai crié :

– Est-ce qu'il va mourir ?

– Pour l'instant, on l'a placé en coma artificiel afin d'éviter qu'il ne souffre trop.

– Est-ce que je pourrai aller le voir tout à l'heure avec toi ?

– Dès que ce sera possible, je t'y emmènerai.

– Et les enfants, quand j'irai les chercher à l'école cet après-midi, est-ce que je devrai leur annoncer la nouvelle avec précaution ?

– Si tu es d'accord, nous irons les chercher ensemble.

Et là, j'ai pensé que le mot « ensemble » était l'un des plus beaux de la langue française.

Et puis son portable a sonné, il s'est éloigné pour répondre mais j'entendais quand même Édith qui hurlait. Il a vite raccroché.

– Maman est en pleine crise de nerfs, je dois y aller.

J'ai dit « oui », bien sûr et je me suis levée pour le raccompagner à la porte. Et quand il m'a prise dans ses bras en me promettant que, quoi qu'il arrive, je pourrais compter sur lui, j'ai compris que d'autres guerres étaient à venir.

– 5 –

Deux semaines se sont écoulées depuis qu'Hervé a quitté la Buissonnière sur la pointe des pieds pour ne pas me réveiller. Quinze jours déjà qu'il dort artificiellement à l'hôpital Pontchaillou…

Cet après-midi-là, quand Thomas m'avait accompagnée à l'école de Lucas et Pam, j'avais préféré le laisser leur annoncer lui-même la terrible nouvelle. Et même s'il avait pris toutes les précautions possibles, mes Deux avaient fondu en larmes, Lucas avec colère en criant : « Si papa est mort, dites-le tout de suite ! », tandis que Pam se réfugiait dans mes bras. Alors, on s'était assis tous les quatre sur un banc où les mamans ont l'habitude d'attendre leurs enfants en bavardant, et Thomas, les yeux dans ceux de son filleul, lui avait expliqué ce que voulait dire

« coma artificiel », en ajoutant que peut-être son papa ne se réveillerait pas, mais sans prononcer le mot « jamais », pour laisser briller une lumière malgré tout.

Et Lucas s'était levé sans un mot de plus et il était allé s'asseoir dans la voiture de Thomas qui ne la ferme jamais parce que c'est une ruine et que dedans, il n'y a rien à voler.

« Dès que ce sera possible, je t'emmènerai voir Hervé », m'avait promis Thomas, le jour de l'accident. Il ne me l'a pas encore proposé et je me gardais bien de le lui rappeler.

J'ai beaucoup trop peur.

Peur d'aller à l'hôpital Pontchaillou et trouver l'homme que j'aime, mon Prince charmant, dans le lit trop blanc, d'une chambre trop blanche, comme pour y gommer les couleurs de la vie. Peur de ne pas reconnaître celui qui s'y trouve, de n'être pas à la hauteur, de m'effondrer.

Il me semble que Thomas l'a compris.

Mes parents m'appellent chaque matin pour savoir comment ça va. Maman est venue me voir à la Buissonnière presque s'excusant, marchant à pas de souris, pleine de peur de gêner, déranger, s'imposer, être de trop, alors que c'est la plus *cool* des mamans, celle avec qui je peux, tout simplement, être moi.

Venir à Montreuil prend très exactement vingt-cinq minutes à Claude qui habite près du parc du Thabor : arrêt « Hôpital-Pontchaillou », alors, elle me rend souvent visite avec ses gros sabots. Et comme elle n'a jamais su dire « je t'aime », ni même « je suis bien avec toi », elle me l'exprime d'une autre façon, par exemple en me proposant d'aller casser la figure de « Folcoche ». Et je la supplie de se retenir parce que je sais que, sur un signe de moi, elle s'exécuterait avec joie.

En attendant, l'hiver avance, les jours raccourcissent. Chaque fin de soirée, on dirait que le soleil rassemble ses dernières forces pour aller mourir sans bruit dans un coin du jardin.

Et puis, ce matin du 17 décembre, mon portable sonne. À l'appareil, Mme Noël, l'assistante du professeur Aram Papazian, chef du service de réanimation de l'hôpital Pontchaillou. Son patron souhaite me voir le plus rapidement possible. Quand puis-je venir ? Rendez-vous est pris dès le lendemain à 10 heures. Ma main tremble en raccrochant. Mme Noël... Il arrive que la vie vous joue de ces tours.

Vite, j'appelle Thomas pour le supplier de m'accompagner et, bien sûr, il accepte. Il me prendra demain à 9 h 15 devant le portail du jardin. Il me conseille de ne rien dire aux enfants. Il connaît son Lucas, il imaginerait aussitôt le pire.

J'ai passé une affreuse journée en imaginant le pire. Pourquoi cet appel ? Hervé allait-il plus mal ? Est-ce qu'il allait mourir, nous abandonner les enfants et moi, partir, s'effacer, disparaître ? Un grand vide m'emplissait, j'avais l'impression d'être perdue dans un désert. Et les paroles du Petit Prince me revenaient : « Ce qui embellit le désert, c'est qu'il cache quelque part un puits. »

Où était le puits où se noierait ma peur ?

J'ai réussi à faire bonne figure auprès des enfants en allant les chercher à l'école. Il me semble qu'ils n'ont rien senti. Même pas Lucas.

Thomas m'a prise à l'heure dite dans sa chère « Torpédo », une antique Citroën avec au compteur un million de kilomètres. Contrairement à son petit frère, il n'attache aucune importance aux voitures. Durant le trajet, il m'a expliqué que « Papazian » était un nom arménien et que « Aram » voulait dire « fils de prêtre ». Quand je lui ai demandé d'où il tirait tout ça, il a répondu : « de mon brillant cerveau » pour me faire rire et j'ai fait semblant pour lui faire plaisir. Mais quand, un peu plus tard, il a déclaré qu'après le rendez-vous avec le docteur Papazian on pourrait profiter de notre présence à l'hôpital pour aller voir Hervé, j'ai crié : « NON. »

Il s'est tu quelques secondes puis il a déclaré d'une voix ferme qu'il comprenait ma peur mais qu'il faudrait bien qu'un jour j'accepte de voir mon mari. Sinon, quand il serait parti pour de bon, je me reprocherais de ne pas l'avoir fait et chercherais partout son visage en vain.

Et j'ai dit « oui », le cœur fendu.

– 6 –

L'hôpital sentait l'hôpital : le désinfectant, le médicament, l'attente, l'angoisse, la souffrance. Longeant les couloirs blancs à la suite d'un interne, je ne pouvais m'empêcher de tendre l'oreille, redoutant d'entendre, derrière les portes fermées des chambres, des cris, des appels, des gémissements.

Mme Noël nous attendait dans une petite pièce sans âme. Rien que des objets froids : ordinateur, calculatrice, claviers, écrans. Elle nous a serré la main sans s'étonner de la présence de Thomas qui s'est présenté : « le frère de l'accidenté » ; et j'ai préféré « accidenté » à « victime », qu'on dit habituellement et qui sonne comme un glas.

Avec sa cravate qu'on distinguait sous la blouse blanche, ses cheveux plus sel que poivre et son regard sévère, le docteur Aram Papazian m'a donné l'impression d'être une élève convoquée par le proviseur et qui se demande ce qu'elle a bien pu faire de mal. Thomas s'est présenté à nouveau. « Ravi de vous rencontrer », a dit le professeur et il nous a désigné deux sièges où on s'est assis tandis qu'il prenait place à son bureau en face de nous.

– Si vous voulez bien, nous allons commencer par faire un tour d'horizon, a-t-il annoncé d'une voix de proviseur.

« Horizon » : un beau mot qui parle de voyage. « Horizons nouveaux »... « horizons lointains »... Sauf que ce voyage-là, nul ne savait où il emmènerait le voyageur.

– À la suite de sa chute, votre mari a été victime de sérieuses, voire d'irréversibles lésions cervicales, a-t-il déclaré en roulant les *r* dans un bruit de tambour. Vous devez donc savoir que s'il se réveille et ouvre les yeux, il ne vous reconnaîtra pas. Que si vous lui parlez, il ne vous entendra pas, que s'il remue sa main, il ne pourra rien saisir avec, que s'il bouge les jambes, elles ne le porteront plus jamais.

« Jamais », un des mots les plus cruels de la langue française.

Tandis qu'il parlait, j'avais pu sentir monter la colère de Thomas. Et c'est vrai qu'il n'y allait pas de main morte, à commencer par son « Ravi de vous rencontrer », comme on dit dans les salons. Mais sans doute qu'à force de voir défiler des blessés irrémédiables, ce qui veut dire « sans espoir », il avait perdu la compassion et aussi ce qu'on appelle l'« empathie », qui vous permet de vous mettre à la place des autres, d'éprouver ce qu'ils éprouvent et même parfois de pleurer avec eux.

Et je regardais derrière lui, sur une étagère, la rangée de livres reliés, des livres pour faire beau, pour impressionner le visiteur, de ceux qu'on ne lit pas – les pauvres. Et je leur rendais hommage parce que c'était la lecture qui avait ouvert mon imagination, développé mon cœur et m'avait appris l'empathie.

– Et maintenant ? a demandé sèchement Thomas.

– Maintenant, on ne peut qu'attendre que l'état végétatif dans lequel se trouve votre frère prenne fin, lui a répondu le docteur Papazian.

Et bien sûr, quand il a dit « végétatif », on a pensé à « légume », qu'on entend partout après un accident ou un AVC et qui fait beaucoup plus mal que « végétatif », même si c'est presque la même chose, parce qu'un légume est tout juste bon à être mangé, et encore.

Le docteur Papazian s'est tourné vers moi.

– Si j'ai tenu à vous rencontrer, madame, c'est que la situation risque de durer un certain temps, des semaines, des mois, qui sait ? des années. Et que vous aurez certainement des dispositions à prendre.

Les « dispositions », c'était toujours Hervé qui les prenait alors je n'ai pas répondu.

– C'est noté, a laissé tomber Thomas.

– Des questions ? m'a demandé le docteur Papazian.

Oh oui, des tas ! Est-ce qu'au fond, tout au fond de lui, Hervé ne sentait pas quand même un soupçon de chaleur quand on lui parlait ? Est-ce qu'il n'était pas comme ces malheureux qui, sortant du coma, racontent qu'ils ont été comme des spectateurs de ce qui leur arrivait, voyant tout, entendant tout, sans pouvoir rien faire ? Est-ce que, dans sa longue carrière, il avait assisté à des miracles ? Lourdes, ça existe quand même ! Est-ce que, comme dans le livre *La Vie après la vie*, il croyait que peut-être, arrivé au bout du chemin, une lumière nous attendait, celle de ceux qui nous ont précédés là-haut, et qui rend plus doux le dernier soupir ? Est-ce que, est-ce que ? Est-ce que, et plein d'autres questions comme ça.

Mais comme je ne connaissais pas les bons mots, ceux écrits dans les livres reliés sur l'étagère derrière lui, je n'ai rien dit.

Et ça a été tout. Le docteur Papazian s'est levé, il nous a raccompagnés Thomas et moi, jusqu'à la porte, nous a serré la main, nous a confiés à Mme Noël, avant, raide comme un piquet, de disparaître dans son bureau. « Aram, fils de prêtre » en arménien. Dommage qu'il l'ait oublié.

– 7 –

– Es-tu toujours d'accord pour voir Hervé ? m'a demandé Thomas d'une voix moins assurée que dans la voiture. Et j'ai répondu « oui » en m'armant de courage.

Mme Noël nous a confiés à une infirmière qui nous a guidés dans d'autres couloirs, ceux-là avec des chariots, des bruits de toutes sortes et des gens sans uniforme. D'autres visiteurs, comme nous, marchaient à pas comptés en s'accrochant les uns aux autres, pas vraiment pressés d'arriver.

C'était la porte 34. L'infirmière l'a poussée.

Un grondement sourd, menaçant, entrecoupé de bip bip bip, nous a pétrifiés Thomas et moi. Il sortait de tous les fils, filins, cordons, qui ligotaient l'inconnu étendu sur le lit, une perche au-dessus de sa tête, un bracelet au poignet et deux gros tuyaux enfoncés dans sa gorge et son nez comme dans un film d'horreur.

Et là, je ne me suis pas effondrée, au contraire, j'ai crié : « NON », retirez-lui tout ça, libérez-le, laissez-le partir puisque de toute façon c'est fichu, que même s'il se réveille, ça ne servira à rien, qu'il n'était déjà plus là, qu'il ne m'ouvrirait plus jamais ses bras, ne rirait plus jamais avec ses enfants, ne profiterait plus jamais de ce qu'on appelle la douceur de vivre, plus jamais, plus jamais, plus jamais, jamais, jamais.

L'infirmière a empoigné mes épaules et m'a obligée à m'asseoir sur une chaise. Thomas a approché un verre d'eau de ma bouche en m'ordonnant de boire à petites gorgées, en respirant entre chacune. Et j'ai eu l'impression d'être ligotée moi aussi. Mais ça m'allait.

Quand j'ai eu retrouvé mon calme, et après m'avoir fait promettre de ne plus recommencer, comme à une gamine dissipée, ils m'ont laissée m'approcher du lit. Je me suis penchée sur l'homme inerte, au visage martyrisé, et je lui ai promis de tout faire pour qu'on lui retire son attirail de mort-vivant et lui permette de s'en aller tranquillement. Et, quand je me suis redressée, au regard qu'ont échangé Thomas et l'infirmière, j'ai bien vu qu'ils étaient d'accord avec moi.

Sauf que ça ne se passait pas comme ça.

En France, vous n'avez pas le droit d'aider quelqu'un à mourir, même si vous êtes sûr et certain qu'il est au bout du rouleau, au dernier souffle, à la dernière gorgée de vie. La seule chose que vous pouvez faire pour lui est de le placer en soins palliatifs où l'on s'assure que le moribond ne souffre pas et où ses proches sont autorisés à lui rendre visite.

Et les proches viennent. Ils prennent la main de leur parent ou ami, lui murmurent des mots d'amour ou d'amitié à l'oreille même s'ils savent qu'il ne les entend pas. Ils lui donnent des nouvelles d'une famille qu'il a quittée pour toujours et certains parviennent, entre deux sanglots, à faire de l'humour.

Et si un jour, l'un des visiteurs en a marre de toute cette hypocrisie et qu'en un geste d'humanité il débranche l'agonisant de ses fils et de ses tuyaux, où qu'il lui donne un peu plus de morphine qui le libérera enfin, il est traité comme un criminel et peut faire jusqu'à trente ans de prison.

Tout près de nous, il existe des pays comme la Suisse ou la Belgique où, grâce à une association, celui qui désire partir dans la dignité est autorisé à le faire. Il lui suffit de s'y inscrire, remplir un papier en cochant les cases, y ajouter le nom d'une personne de confiance qui, s'il n'est plus en état, ratifiera son vœu. Puis il date, signe et l'affaire est bouclée.

Mais à trente ans, Hervé n'avait pas pensé à s'inscrire à l'association ni à nommer la personne de confiance, alors on était tous paralysés comme lui.

C'est un médecin spécialisé dans la « mort douce » qui nous a appris tout ça à la cafétéria de l'hôpital Pontchaillou, dans le bruit joyeux du déjeuner. Quand il a ajouté que, si un membre de la famille : père, mère ou conjoint, s'opposait au vœu du patient, ça arrêtait tout le processus et ouvrait la porte à un procès en justice qui pouvait durer des années, chacun s'étripant au chevet de l'être cher, Thomas et moi avons bien sûr pensé à Édith qui, si Hervé avait signé le papier, se serait certainement opposée de toutes ses forces à la volonté de son fils, Édith qui, chaque matin, venait s'asseoir près de son lit, s'emparait de sa main et clamait son désespoir et le grand malheur d'avoir pour bru une intrigante qui avait détourné d'elle son enfant chéri, tout en le menant inexorablement à sa perte.

Et les proches compatissaient. Ils l'invitaient à déjeuner au restaurant ou à goûter chez eux. Ils l'assuraient de leur soutien même si certains, la connaissant bien, n'étaient pas dupes. C'est comme ça dans la bonne société : d'accord ou non, on se tait, on se tient.

Le mari d'Édith, Georges, était passé m'embrasser en cachette. Avec son profil bas, son regard fuyant, ses airs de chien battu, il ne ressemblait plus du tout à de Gaulle mais à un pleutre. Et, malgré tout, je n'étais pas arrivée à lui en vouloir : le pli était pris depuis trop longtemps avec Folcoche et il devait être le premier à se reprocher sa lâcheté.

Bien sûr, j'avais appelé Melchior pour lui apprendre le grand malheur et l'avertir que le voyage était annulé. Comme je ne pouvais pas m'empêcher de bafouiller, j'ai eu peur qu'il me pose mille questions en m'appelant Simplette, mais non, au contraire. Il m'avait répondu de la voix grave d'un frère aîné, que le jour où Hervé ne serait plus là, je n'aurais qu'un signe à faire pour qu'il vienne me chercher moi et les enfants. Il nous recueillerait dans sa grande famille, sa belle demeure près de Sydney, avec dix hectares de terrain cultivable où je pourrai déployer mes talents.

Mes « talents » ? J'avais bien entendu ? Et même si j'aurais préféré qu'il vienne me le dire en personne, tout en me prenant dans ses bras, ça m'avait fait un plaisir fou.

– 8 –

En attendant, Noël est presque là. Et pour que ce soit la fête quand même, j'ai invité mes parents à réveillonner avec nous le 24 au soir afin qu'ils soient sur place pour découvrir les cadeaux au pied du sapin, le 25 dès l'aube.

À la fois, ça les intimide de dormir dans la demeure d'un Genévrier et ils sont ravis parce que la chambre d'ami donne sur le jardin : le paradis sur terre à côté de leur triste réduit à la quincaillerie. Maman m'a même confié que lorsqu'ils y dormaient, qu'il pleuve ou qu'il vente, ils laissaient grande ouverte la fenêtre. Total, ils ne fermaient pas l'œil de la nuit et avaient l'impression d'être là bien plus longtemps.

J'ai aussi convié grand-tante Charlotte, sans me faire d'illusions : au dernier moment, elle se décommandera sous n'importe quel prétexte vu qu'elle hait Noël à cause de la chanson de Tino Rossi : « les cadeaux par milliers dans les petits souliers », alors que, quand elle était gamine, elle n'y trouvait qu'une misérable bricole. Et quand, à l'école, les copines lui demandaient ce qu'elle avait reçu, elle était obligée de mentir en refoulant ses larmes. La pauvreté, c'est souvent aussi la honte.

Et si c'était pour ça qu'elle aimait dire la « bonne aventure », comme on prend une assurance du côté des étoiles ?

J'ai dressé le couvert dès le matin : la jolie nappe brodée main, la fine porcelaine, les couverts en argent et les verres en cristal. Tout ça avec un bémol quand même : interdit de machine à laver, qui n'existait pas à l'époque et ferait un massacre de toute cette beauté.

Mes parents étant croyants, nous sommes allés à la messe de minuit, qui a lieu à 20 heures à l'église Saint-André. Une église modeste, entourée de verdure, où l'on se sent un peu comme chez soi. D'ailleurs, M. le curé a accueilli ses ouailles, les bras largement ouverts en chantant : « Bienvenue dans la maison du Seigneur. » Et ça, c'était vraiment courageux de sa part, le « Seigneur qui habite aux cieux » n'était pas bien vu de tout le monde. Même que les tombes du cimetière sont régulièrement taguées par des nazillons et qu'à Rouen un prêtre estimé de tous et qui ne faisait que le bien autour de lui a eu la gorge tranchée par un fanatique.

Tout se sait dans un village comme le nôtre et les mauvaises nouvelles, comme l'accident d'Hervé, qui permettent à chacun de mesurer sa chance, sont particulièrement appréciées. Alors, tous les yeux étaient fixés sur nous. Lucas y répondait en fusillant les indélicats du regard, tandis que je m'efforçais de faire bonne figure et que Pam, peu habituée à veiller, s'écroulait sur son banc.

Patatras ! Rentrant à la maison, qui trouvons-nous devant la porte ? Grand-tante Charlotte qui a décidé d'oublier Tino Rossi pour nous manifester sa solidarité dans l'épreuve. Nous l'accueillons avec embarras et, tandis que papa et maman s'efforcent de distraire son attention, je rajoute en vitesse un couvert, ce qui n'est pas gagné sans mettre la rallonge au dernier moment.

On a ouvert la bouteille de champagne montée de la cave parce que Hervé l'aurait voulu. Le festin s'est déroulé en silence, vu qu'on se voyait tout le temps alors on n'avait rien de spécial à se dire. Mais comme le silence est d'or, aucune importance.

Le foie gras de canard et la dinde aux deux purées : marrons et pommes de terre, ont eu un grand succès. Quand la bûche est arrivée : un roulé chocolat-caramel, acheté dans la meilleure pâtisserie de Montreuil, les applaudissements nourris ont réveillé Pam qui dormait assise, et notre gourmande a eu droit à une double part, qui, ajoutée à une gorgée de champagne, l'a achevée.

Il était presque 23 heures quand elle et Lucas sont allés se coucher après un dernier regard à leurs souliers déjà bien garnis. Moi, je ne pouvais m'empêcher de fixer, dans ma bottine, l'enveloppe aux billets d'avion pour le Québec, que je n'avais pas eu la force de retirer, surtout après le coup de fil de Melchior et ses dix hectares de terrain cultivable.

Maman s'est approchée discrètement et elle m'a demandé tout bas s'ils seraient remboursés par la compagnie. Et j'ai répondu « oui » sans lui en vouloir, parce que ces billets – des première classe en plus – auraient suffi à les nourrir, elle et papa, pendant une bonne moitié d'année.

– 9 –

Et puis, dès 7 heures du matin, Pam ouvre le bal. Rejointe par Lucas, sous l'œil consterné de leurs grands-parents, ils massacrent le beau papier cadeau dans des éclats de joie. Lucas mitraille tout le monde avec son appareil photo à impression. Pam se pâme devant la princesse de son château en kit que je l'aide à assembler. Mes parents ne savent comment me remercier du « bon » pour un week-end au bord de la mer – Dinard – dans un hôtel cinq étoiles, avec vue sur la baie, où je les accompagnerai pour être sûre qu'ils oseront en profiter, ne se planqueront pas dans leur chambre royale – n'est-ce pas, Reine ? – de peur d'être montrés du doigt par les huppés qui y sont abonnés.

Dans ma bottine, ils ont placé un petit sac contenant une barrette en strass aux éclats de diamant. Je l'accroche aussitôt à une mèche rebelle de mes cheveux, et même si ça n'a rien à voir, elle me rappelle quand maman m'emmenait à la bibliothèque municipale, où les enfants avaient leur coin, et où je marquais la page de mon livre avec une épingle à cheveux pour être sûre de m'y retrouver la prochaine fois.

De la part de Pam, je trouve un joli dessin représentant des fleurs de toutes les couleurs que je punaiserai tout à l'heure au mur de ma chambre, face à mon lit, de façon à pouvoir leur parler avant de dormir et les embrasser à mon réveil. De la part de Lucas, un drôle de tee-shirt avec un camion débordant de cœurs. Merci, mes trésors !

Vous ai-je raconté que mes enfants ont baptisé la cuisine : « le Parloir » ? N'est-ce pas dans sa chaleur, les bonnes odeurs d'un repas qui se prépare, que l'on se confie le mieux ?

Et alors que nous y prenons le petit déjeuner, qui débarque ? Thomas. Et je me sens rougir de la tête aux pieds parce que je suis en chemise de nuit, même pas ma plus belle, et toute décoiffée malgré la barrette. Mais il fait comme s'il ne le remarquait pas.

Un peu plus tard, Thomas est parti après avoir glissé discrètement dans sa poche l'enveloppe aux billets d'avion.

Rassure-toi, Reine, ils seront remboursés.

Il embrasse tout le monde, même mes parents, encore plus rouges que moi, c'est de famille. Puis, il tire de son sac à dos deux belles montres Flik Flak dans leurs étuis : rose pour Pam, argentée pour Lucas.

Petit supplément drolatique pour Pam : une girafe-taille-crayon.

Moi, il m'offre, dans un papier de soie, que je me promets de garder, un foulard de grand couturier représentant de légers nuages dans un ciel bleu, qui donne envie de s'envoler. Et je m'envole dans ma chambre pour y chercher le cadeau préparé pour lui depuis belle lurette : une eau de toilette, elle aussi d'un grand couturier. Et quand on s'aperçoit que le foulard et l'eau de toilette viennent du même : Dior, on éclate de rire malgré l'absent.

Ne manque plus que Thomas sorte de sa poche un stylo et une carte, et qu'il inscrive sur la carte : « Bon pour un repas cinq étoiles dans un restaurant de votre choix », y ajoutant un chèque et la tende à maman. Et Reine a bafouillé : « c'est trop », même si, ce matin, le roi était bien son cousin.

Thomas a partagé avec nous une tasse de chocolat au lait et un morceau de brioche, en déclarant qu'ils étaient dingues de Joël Robuchon, même si la brioche était surgelée et le chocolat en poudre. Il a appris à Pam que les girafes ne dormaient presque pas, tout au plus deux ou trois heures par nuit et que le reste du temps elles bourdonnaient très fort pour s'avertir des dangers.

Et comme ni elle, ni Lucas n'arrivaient à croire que les girafes bourdonnaient comme les abeilles, il a sorti son iPhone pour leur prouver que c'était vrai – en couleur en plus. Lucas en a profité pour demander à son parrain de lui offrir le même iPhone pour ses huit ans, et Thomas n'a pas dit non. Moi, je regardais la photo d'Hervé souriant sur le buffet et j'avais l'impression qu'il était là, avec nous, se réjouissant de notre gaieté. Et, durant un instant, j'ai été sûre et certaine qu'il reviendrait.

– 10 –

Ce matin, 18 janvier, trois semaines déjà depuis le réveillon de Noël, j'ai rapporté au pépiniériste le sapin qui commençait à perdre ses aiguilles sur le tapis du salon, pour qu'il lui offre, comme promis, une seconde vie. Il m'a expliqué que c'étaient justement ces aiguilles toutes sèches qui la lui accorderaient en enrichissant la terre où il le planterait en le protégeant du froid. Rien ne se perd chez dame Nature.

Hélas, pas de seconde vie pour Hervé, toujours plongé dans le coma.

Comme promis, j'ai accompagné mes parents à Dinard pour leur « bon week-end cinq étoiles ». Il y avait un spa et une piscine chauffée au Grand Hôtel Barrière, mais quand, toute contente, j'ai voulu leur acheter un maillot de bain, maman m'a avoué que ni elle ni papa ne savaient nager et ça m'a dévastée. Vivre si près de la mer sans l'avoir apprivoisée, la serrer dans ses brasses, s'en laisser porter, emporter, quelle tristesse ! Puis je me suis souvenue qu'ils ne prenaient jamais de vacances à part deux ou trois jours dans le camping-car de grand-tante Charlotte, à l'époque où il roulait encore, et j'ai mieux compris…

Moi, j'avais eu la chance de rencontrer Hervé qui m'avait offert plein, plein de leçons de natation, jusqu'à ce que je batte Martina Moravcovã à plate couture.

Pour nous consoler, papa, maman et moi, on a pris un bain de boue : « Pur instant de plaisir où l'on oublie rhumatismes et arthrose », et on a ri à s'en décrocher la mâchoire même si ce n'était pas recommandé vu l'endroit où l'on se trouvait.

La rentrée des classes a eu lieu sans encombre. Il me semble parfois que Lucas et Pam vivent les yeux fixés sur moi, comme s'ils me demandaient la permission d'être un peu heureux quand même, de sourire et parfois rire avec leurs copains-copines. Alors, je refoule mes larmes, je fais semblant, et l'autre jour, je suis même arrivée à leur dire que, sous ses yeux fermés, leur papa applaudissait à leur gaieté.

Et puis ce que je craignais est arrivé : Lucas s'est réveillé et il a demandé-exigé d'aller voir son père. Il savait bien qu'on lui mentait, qu'il allait plus mal, qu'il allait mourir, alors pourquoi on lui défendait de le voir une dernière fois, de lui parler, lui raconter l'école et tout ?

Quand je lui ai expliqué que, pour aller à l'hôpital, il fallait avoir au moins dix ans, il a fondu en larmes en disant que l'âge de raison comptait pour du beurre et que, puisque c'était comme ça, à partir de ce jour, cette heure, il refuserait qu'on lui souhaite son anniversaire. Pam, qui adore son frère, criait presque aussi fort que lui. Par chance, Thomas passait par là, il a ordonné aux hurleurs de se calmer et après il a expliqué à son filleul, avec toute la patience nécessaire, que, depuis le départ de son père pour l'hôpital, il était le seul homme à la maison et que ses sept ans lui donnaient le devoir de protéger les femmes : sa sœur et moi. Et là, vous l'auriez vu déployer ses épaules en nous regardant de haut. Tandis que, pensant à ce qu'en aurait dit ma féministe, un rire me gagnait que je tentais de cacher à mon protecteur.

Et Claude, justement ? Où en est-elle ? Il est temps que je vous en parle.

Au sortir de Saint-Exupéry, alors que je visais « Horticulture », la douce en math se lançait dans une licence de « Gestion-comptabilité » trois années d'études complétées par une thèse qui lui permettaient d'ouvrir à Rennes une boîte de « conseil », où elle gagne plein de sous.

Et ce n'est pas tout.

Elle qui s'était juré de ne jamais vivre sous le même toit qu'un homme et de se contenter d'aimer les enfants des autres – sans grande réussite auprès des miens – s'était, selon ses termes, « laissé piéger » par un tout jeune homme, Daniel, vétérinaire dans le manège où elle montait chaque fin de semaine, tombé fol amoureux de la belle cavalière à qui aucune monture ne résistait et qui sautait les obstacles comme on s'envole. Mais, lorsque, quelques mois plus tard – l'amour plus fort que la pilule ? –, elle s'était retrouvée enceinte, elle n'avait pas apprécié du tout. Daniel avait supplié de garder le bébé et elle avait accepté à la condition qu'il s'en occuperait de *a* à *z* dès sa naissance : un bonheur supplémentaire pour lui. Depuis, ils partagent le même toit, celui, doré, de Claude, près du parc du Thabor à trois pas du train Rennes-Montreuil-sur-Ille, quinze minutes porte à porte de la Buissonnière.

Benjamin, aujourd'hui cinq ans, a les yeux bleus de sa mère et les cheveux châtain clair bouclés de son père. Jusque-là, le compagnonnage semble fonctionner correctement.

Mon compagnon à moi, dont je porte le nom, père de deux enfants très désirés, abordait sa sixième semaine de coma artificiel quand le Dieu bon et compatissant chanté par tous les chrétiens du monde a bien voulu le libérer en le rappelant à Lui. Et quand je suis allée lui faire mes adieux, libéré de son attirail de mort-vivant, je l'ai enfin retrouvé.

La messe d'enterrement a été célébrée par un évêque en la basilique Notre-Dame-de-Bonne-Nouvelle à Rennes. L'Histoire disant que la « bonne nouvelle » s'était produite au XVIIe siècle quand la Vierge avait vaincu la peste qui ravageait le pays, provoquant une pénurie de blé qui affamait les pauvres tandis que les riches s'engraissaient. De plus, les masques manquaient, des masques à longs becs, très vilains à voir, mais qui contenaient de quoi protéger du fléau ceux qui les portaient : herbes médicinales, épices, une éponge de vinaigre et un peu de miel. Les uns prônaient leur efficacité, les autres criaient que c'était du pipeau – instrument employé pour piéger les oiseaux –, les esprits s'échauffaient, partout la révolte grondait. Grâce à la Vierge, la contamination avait peu à peu été vaincue.

Les Genévrier étant puissants et respectés, la basilique est pleine. Je me tiens discrètement au fond avec les enfants et mes parents afin d'éviter tout accrochage avec ma belle-mère. Nous avons tous beaucoup de mal à retenir nos larmes, surtout avec, là-haut, la musique déchirante.

Peu avant la communion, l'évêque écarte largement les bras en chantant. « Donnez-vous la paix », le signal du baiser aux proches. C'est alors que tous peuvent voir Thomas Genévrier se lever, venir jusqu'à nous par l'allée centrale et nous serrer dans ses bras, avant de regagner tranquillement sa place au premier rang entre ses parents.

Alléluia.

– 11 –

Lorsque, quelques jours après l'enterrement, maître Raoul Darbois, notaire de la famille Genévrier, m'a appelée pour prendre rendez-vous avec moi à son étude, je me suis tout de suite demandé s'il avait assisté à l'enterrement d'Hervé. Réponse : « Évidemment ! » Il avait donc vu Thomas me manifester son affection ainsi qu'à ma famille, provoquant un miniscandale dont la presse locale s'était emparée, scandale heureusement vite éteint par respect pour le défunt.

Qu'en avait pensé le notaire ? Bien sûr, il n'avait pu qu'être choqué, c'est pourquoi j'ai préféré taire son appel à Thomas qui aurait certainement tenu à m'accompagner chez lui, en risquant de n'être pas le bienvenu.

L'étude se trouvait au centre de Rennes, je m'y suis rendue dans la Renault « Captur » d'Hervé qui avait remplacé sa moto lorsque Lucas était arrivé. Je me souvenais de ma fierté lorsque j'avais décroché le permis de conduire, pas du premier coup, loin de là, à cause du code bien plus difficile à réussir que le bac, mais bon, tout étant prétexte à une fête pour mon gentil mari, nous avions sablé le champagne, même si on doit plutôt dire « sabrer », comme aux temps héroïques où on décapitait la bouteille avec un sabre.

L'assistante de maître Darbois avait un visage tout fripé et des yeux de poisson frit. Elle m'a introduite directement dans son bureau.

C'était un petit homme aux cheveux gris, aux lèvres pincées et au regard de rapace, moins le bec crochu, il s'est levé et il m'a serré la main en me présentant ses sincères condoléances comme s'il récitait un couplet appris par cœur mais sans cœur. Après, il m'a priée de m'asseoir sur une chaise cloutée de doré, en face d'un bureau couvert de dossiers, derrière lequel il s'est installé, lui, dans un fauteuil de cuir tournant, tandis que je commençais à étouffer.

Tranquillement, il a ouvert le dossier du haut de la pile, et j'ai pu lire : « ENTREPRISE GENÉVRIER », écrit en majuscules. D'une voix, elle aussi majuscule, il m'a expliqué que l'entreprise était un « TOUT ». Il y avait d'abord la « maison mère », habitée par ses propriétaires : Édith et Georges. Puis il y avait l'immense cour emplie de bois : grumes, corps de bateaux, armatures de toitures où travaillaient les ouvriers. Et, plus loin, éparpillées, quatre maisonnettes presque identiques : celle du fils aîné, Thomas ; celle du cadet, et défunt : Hervé ; celle du chef de chantier et de sa famille. Et, enfin, la maison où l'on recevait les clients, qui faisait aussi office de comptabilité.

Et ce « TOUT » revenant de droit à mes beaux-parents, je n'avais rien à espérer de ce côté-là. Comme si j'avais jamais espéré autre chose que de la méchanceté du côté de Folcoche.

Durant son long exposé, maître Darbois s'était interrompu plusieurs fois en levant les yeux vers moi pour être sûr que je suivais bien. À la vérité, je ne suivais pas vraiment parce que je n'arrêtais pas de voir le jardin devant la maison et que j'entendais Hervé m'en féliciter, m'affirmant qu'il me ressemblait et qu'il en était fier. Et je me demandais, en étouffant de plus en plus, si le jardin faisait lui aussi partie du « TOUT », alors que les autres propriétaires des « maisonnettes éparpillées », avaient, eux, laissé leur petit terrain à l'abandon.

Après une pause, maître Raoul Darbois, que j'appelais « Raoul » dans ma tête pour me désintimider – « tout roule, Raoul » –, a regretté que mon époux – pas mon « mari » comme l'appelait le professeur Aram Papazian – n'ait jamais pensé à souscrire une assurance vie qui m'aurait aidée à franchir ce cap difficile. Mais c'était comme pour « Mourir dans la dignité », le papier qu'Hervé n'avait pas pensé à signer à trente ans et je ne lui en ai rien dit parce que ça ne le regardait pas.

– Une dernière chose, celle-là plus positive, a repris Raoul après avoir ouvert un autre dossier. Votre compte joint avec le défunt devrait vous revenir, après impôts bien entendu, et il représente une coquette somme.

J'ai tenté de me souvenir de la coquette somme, même si les gros sous ne m'intéressent plus depuis que j'en ai assez pour ne pas tirer le diable par la queue comme mes parents et qu'en plus c'était Hervé qui signait les chèques et utilisait la carte bancaire, je n'en avais aucune idée alors je me suis tue.

Maître Darbois a refermé le dossier et il a croisé ses mains dessus.

– Des questions, madame ?

Aucune ne m'est venue alors je me suis tue.

– Eh bien, il me semble que nous en avons terminé, a conclu le notaire. J'espère que Lucas et Paméla se remettront vite de cette épreuve.

Et quand il a prononcé le prénom de mes enfants comme s'ils existaient pour lui, Édith qui se tenait debout derrière son fauteuil depuis mon arrivée a disparu et j'ai arrêté d'étouffer.

Nous nous sommes levés. Parvenu à la porte, maître Darbois s'est emparé de ma main et il l'a portée jusqu'à sa bouche comme pour l'embrasser, et ça m'a tellement flippée que je la lui ai vite retirée.

Février s'approche sur ses raquettes et mes Deux me tannent pour savoir si on partira aux sports d'hiver comme l'année dernière – signe qu'ils se remettent ? Irons-nous dans la même station, le même hôtel qui donne sur les pistes et où le soir on peut voir les derniers champions, une lampe attachée à leur casque, tournoyer dans la nuit comme des lucioles ? Côté « champions », Lucas est fier de sa première « étoile », Pam de son premier « flocon ». Moi, je descends à mes risques et périls, grisée par le souffle du vent sur mon visage.

Je ne leur réponds pas, je compte mes sous. Il est loin le « bon » offert à mes parents pour le grand hôtel cinq étoiles à Dinard. Même si la somme est coquette sur le compte joint, une fois les impôts payés et sans le salaire d'Hervé pour y tomber chaque mois, elle fondra comme neige au soleil. Une chose certaine : je vais devoir travailler. Ce qui ne me dérange pas puisque c'était Hervé qui avait voulu à tout prix me garder auprès de lui après notre mariage. « Comme un vieil égoïste », avait-il ri.

Il paraît qu'on manque de bras dans l'horticulture, de vendeuses dans les boutiques de fleurs, travailler ne devrait pas me poser de problème.

– 12 –

Et puis ce matin, une semaine après ma visite au notaire, trois depuis l'enterrement, alors qu'à genoux dans le jardin je taille le groseillier à maquereau avant que la végétation ne démarre, en coupant les plus gros rameaux, voilà que les gonds du portail grincent, annonçant une visite. Je lève le nez : Édith.

Et d'un coup, la peur me submerge, l'envie de disparaître sous cette terre, ou de fuir, loin ! Écoute Claude, il n'y a pas que les hommes à être lâches, les femmes aussi, moi la première. Depuis des jours, des semaines, depuis que j'ai compris qu'Hervé ne se réveillerait pas, je me fermais les yeux, me bouchais les oreilles, refusais de regarder la vérité en face.

Elle est là.

– J'ai à vous parler, Élisa. Pouvons-nous entrer ?

Sans attendre ma réponse, comme chez elle, ma belle-mère pénètre dans la maison, va droit au salon, s'assoit dans la confortable bergère Louis XVI où son fils aimait à se détendre parfois en écoutant de la musique, moi sur ses genoux.

Je la rejoins, semant de la terre partout, et choisis le canapé-lit dont je n'ai toujours pas eu la force de changer le drap, car, en fermant les yeux, j'y retrouve le parfum de mon homme.

Le regard d'Édith fait le tour des lieux, passe sur les quelques tableaux au mur, s'attarde au plafond, sur le lustre à pampilles, descend à la pendule sur la cheminée, comme si elle en évaluait le prix, revient à moi.

– Comme vous le savez certainement, cette maison et ce qu'elle contient appartiennent à l'entreprise.

Bien sûr, je le sais ! Maître Darbois me l'a expliqué en long et en large. Et un doute m'étreint : aurait-il appelé ma belle-mère pour cafter après mon départ ? J'entends le petit homme prononcer avec chaleur le prénom de mes enfants : non !

La question n'attendant pas de réponse, je me tais.

– Vous avez un mois pour vous trouver un autre logement.

Très exactement les mots que je redoutais. Chassée du lieu où j'ai vécu tant d'années heureuses avec mon mari, du toit où ont grandi nos enfants, du jardin aux pois de senteur de mes rêves de petite fille.

– Je ne doute pas que vos parents se feront un plaisir de vous héberger chez eux.

Et ça a été tout. Édith s'est levée, elle a quitté le salon, j'ai entendu ses talons claquer dans l'entrée, le portail s'est refermé en grinçant, et seulement, je me suis permis de pleurer.

« Quoi qu'il arrive, tu dois savoir que tu pourras toujours compter sur moi », m'avait dit Thomas après l'accident d'Hervé. Bien sûr, j'ai pensé à l'appeler. Bien sûr, j'en mourais d'envie, mais ce ne serait que tourner le fer dans la plaie. Foi de notaire, l'entreprise appartenait à ses parents un point c'est tout.

Allant chercher les enfants à l'école en voiture, je me suis demandé si elle aussi faisait partie du « Tout ». Même si maître Darbois n'en avait pas parlé. Nous l'avions choisie ensemble, Hervé et moi, discutant de sa couleur, hésitant pour les beaux sièges en cuir clair, craignant qu'ils ne soient salis par Lucas qui venait de naître.

Je ne lui ai rien dit, ni à Pam, de la visite de leur grand-mère.

– Qu'est-ce que tu as, maman, tu n'es pas comme d'habitude ? a grogné Lucas.

– Et d'habitude, je suis comment ? ai-je tenté de plaisanter.

– D'habitude, tu as l'air contente.

– Contente ? Mais je le suis de vous avoir ! n'ai-je pu m'empêcher de m'exclamer, le cœur en débandade.

– Si tu arrêtais d'embêter maman, râle Pam, en direction de son frère.

Il est 18 heures. Ils jouent bruyamment au salon. Assise sur un banc devant la maison, je contemple le jardin. Une certitude : la première chose que fera Édith lorsqu'elle aura récupéré la maison sera de raser les fleurs pour se venger de moi. De toute façon, elle n'aime que celles d'appart', qui en jettent plein la vue : le hautain glaïeul, la majestueuse agapanthe, l'orchidée luxueuse attachée au revers du tailleur des stars hollywoodiennes. Qui sait qu'on l'appelle « fleur d'amour » ?

J'entends la rose du Petit Prince : « Ils peuvent bien venir, les tigres avec leurs griffes, j'ai mes épines. » Pauvre rose, pauvre jardin, pauvre de moi.

Et puis le portail a grincé à nouveau, cette fois sur Thomas. Je me suis levée, le cœur battant. Bien sûr, je l'attendais ! Il avait l'air très en colère. Je me suis détournée pour cacher mes larmes. Dans le salon, les enfants riaient.

– Regarde-moi, Élisa.

J'ai obéi et ses yeux se sont adoucis.

– Ne pleure pas, j'ai parlé à cette salope, tu restes ici.

Cette « salope » ? Pour sa mère… Pire que Folcoche qui peut prêter à sourire. Un sentiment de délivrance a explosé en moi. Thomas a entouré mes épaules de son bras.

– Et moi, a-t-il demandé d'une grosse voix. As-tu pensé à ce que je deviendrais sans toi et les enfants ?

Il m'a serrée contre lui, j'étais si heureuse, je l'aimais tant.

Je n'avais pas prononcé un seul mot. Ni dans le bureau du professeur Papazian, ni à l'étude de maître Darbois, pas un à Édith, pas un mot à Thomas.

On peut, en silence, vivre le pire et le meilleur.

– 13 –

Et après cette longue, longue parenthèse, nous voici revenus à aujourd'hui, 12 mai, jour de l'Ascension où je fête mes vingt-sept ans dans cette maison qui, grâce à Thomas, est restée la mienne pour de vrai, du toujours.

Il a rempli les coupes de champagne, Pam a posé sur la table le gâteau aux deux grosses bougies où, sur la meringue, est inscrit mon prénom. Lucas s'apprête à les enflammer, tous les souffles sont suspendus. Et finalement, c'est plutôt joli, ce bref feu d'artifice, trop bref, comme les neuf années – neuf seulement – que j'ai partagées avec mon homme. Années de bonheur, joie, tristesses, sourires, soupirs. Et ce que j'éprouve à cet instant, ce trop-plein, ce manque profond, seule une chanson saurait le dire, ces chansons qui, depuis toujours, racontent si bien ce que les hommes vivent.

– Maman, est-ce que pour mes sept ans, bientôt, je pourrai n'avoir que des grosses bougies sur mon gâteau au chocolat ? m'interroge Pam, les yeux en escarboucle.

Claude réprime un sourire. Thomas se charge de répondre.

– Pour les grosses bougies, tu vas devoir patienter encore un peu, ma poulette. Attendre tes dix ans, ton anniversaire à deux chiffres.

– Sans compter que les sept grosses bougies à souffler, bonjour les dégâts sur le chocolat, se marre Lucas, foudroyé par sa sœur dont le chocolat est la friandise préférée et que son frère a un peu trop tendance à traiter de « boulotte ». Ma Pam joliment enrobée : sa façon de sourire à la vie.

Grand-tante Charlotte frappe son verre avec sa fourchette, signe qu'elle demande la parole.

– Puis-je rappeler à l'assistance que, dans six mois, c'est un gros 8 et un gros 2 qui décoreront mon gâteau. Étonnez-vous que les fêtes ne soient plus trop mon truc.

Tout le monde rit sauf moi. « Heureux les simples d'esprit »... Quand elle aura une seule grosse bougie, suivie de deux gros zéros, reprocherai-je encore ces paroles à ma grand-tante ? Allons, Élisa, n'est-ce pas elles qui t'ont boostée ? Donné la force de dépasser Simplette ?

Le gâteau découpé, chacun servi, Lucas se lance à nouveau. Cette fois c'est Claude qui lui sert de cible.

– Et Benjamin ? Pourquoi il est pas venu avec toi ? lui demande-t-il d'une voix pleine de défi.

Un lourd silence tombe. Nul n'ignore le pacte conclu entre Claude et son compagnon pour qu'elle consente à garder son bébé : qu'il le prenne totalement en charge. Combien de fois Lucas m'a-t-il interrogée à ce sujet.

Et c'est bien Benjamin la cause de son animosité envers mon amie, d'autant qu'il l'adore même s'ils ne se voient pas assez souvent à son goût.

– Il a préféré rester avec son père, répond Claude sèchement.

– Et son anniversaire à lui, c'est quand déjà ? insiste Lucas qui, à mon avis, le sait très bien.

– Il aura six ans en août prochain.

Face à l'atmosphère tendue, en bonne maîtresse de maison, je change de sujet. Pour en aborder un, tout aussi brûlant, dont les médias font leurs choux gras depuis plusieurs semaines.

Imaginez un petit échassier appelé « œdicnème criard » pour son cri strident. Une espèce protégée, vénérée par les écolos, et dont l'un des rares spécimens a élu domicile sur l'emplacement prévu pour construire un supermarché. Vous l'avez deviné, la présence de cette minuscule boule de plumes a tout arrêté. Et deux camps s'affrontent : d'un côté le promoteur du supermarché qui met en avant les centaines d'emplois que la construction plus le bon fonctionnement de la grande surface créeront. De l'autre les écolos et autres défenseurs de la cause animale, s'indignant du sort réservé aux volatiles en général et à leur petit représentant en particulier.

Savez-vous que toutes les vingt minutes une espèce animale disparaît ? Les oiseaux étant les plus touchés, notamment l'alouette des champs, la tourterelle des bois et l'outarde ? Que les insectes, leur principale nourriture, sont en voie d'extinction, signifiant la mort de tous ceux qui ne se nourrissent que d'eux ? Savez-vous, savez-vous, savez-vous… ?

Autour de la table, la discussion fait rage. Grand-tante Charlotte, férue d'astrologie comme chacun sait, prédit la mort imminente de la planète, les enfants s'enflamment, Thomas m'adresse un clin d'œil taquin : diversion réussie !

Et il semble en effet que Benjamin soit loin.

Provisoirement.

– 14 –

– J'ai à te parler, je peux rester ? m'a demandé Claude après que, mes parents partis, Thomas eut cédé aux enfants en les emmenant dans leur parc préféré.

Et bien sûr j'ai accepté, même si après ce déjeuner pour le moins agité, je n'avais qu'une envie : retrouver un peu de silence. Nous avons pris place dans les fauteuils de jardin, elle en plein soleil, moi à l'ombre – une très ancienne dispute.

– On peut dire que ton fils a mal choisi son jour pour m'en mettre plein la gueule avec Benjamin, a-t-elle râlé. J'ai de gros soucis avec lui.

– « Plein la gueule », tu ne crois pas que tu exagères un peu, là ? Et tu sais très bien que Lucas adore ton fils. Pour en revenir à nos chers oiseaux, on dirait bien qu'il l'a pris sous son aile.

Claude hausse les épaules, continue.

– J'ai été convoquée par la directrice de son école.

– Je croyais que c'était Daniel qui s'en occupait ?

– Sauf que là, elle tenait à me voir en personne. Et bien sûr, j'ai eu droit au fameux couplet : « On fait un enfant à deux, on l'élève à deux. » Comme si c'était pas nous, les femmes, qui nous tapions tout le boulot depuis la nuit des temps.

La « nuit », le mot juste.

– Et qu'est-ce qu'elle te voulait, la directrice ?

– M'annoncer que Benjamin était un génie.

Si elle plaisante, ce n'est pas drôle ! Benjamin « Benj' », comme l'appelle Lucas, cinq ans, un brindillon, l'air souffreteux, rasant les murs, comme s'il avait compris que sa mère n'avait pas voulu de lui et qu'il tente de disparaître.

– C'est sa maîtresse qui a sonné l'alarme, poursuit Claude, quand elle s'est aperçue qu'il savait pratiquement lire et écrire alors que les copains n'en étaient qu'au b.a.-ba. Elle a donc averti la directrice qui s'est permis de faire appel à un psycho-machin-truc, sans nous demander notre avis, pour étudier son QI – pardon : son « haut potentiel intellectuel ». Ce qui, entre nous, a dû être coton vu que c'est la galère pour lui faire sortir un mot. En revanche, il est plutôt doué en dessin. Elle s'interrompt, bâille ostensiblement. Je la déteste.

– Et alors ?

– Alors, c'est clair, à côté de lui, on n'existe pas. Pas Einstein mais pas loin. Et je ne plaisante pas : QI dans les 130.

J'en reste K.-O. Benjamin surdoué ? « C'est sa maîtresse qui a sonné l'alarme », vient de dire Claude. L'« alarme », une bonne ou une mauvaise nouvelle ? Si c'était mon Lucas qui était concerné, en serais-je heureuse ? Pas sûr, croyez-en la « différente ».

– Et Daniel, il en pense quoi ?

– Pas plus étonné que ça, comme s'il savait.

Elle rit, un rire condescendant, à la limite du mépris. Une sale égoïste qui ne pense qu'à elle ! Pauvre Benj'. Quant à Daniel, elle se plaint de plus en plus de lui, l'accusant de trahir leur pacte, se laissant accaparer par son boulot de véto : une « bonne pâte », corvéable à merci par ses clients, jour et nuit.

S'est-elle jamais demandé pourquoi la « bonne pâte » était si appréciée ? A-t-elle jamais pensé que Daniel pouvait être capable, très capable ? Lui qui a décroché son diplôme à vingt-cinq ans, après sept années d'études, plus une thèse brillante dont, bien sûr, il ne se vante jamais. C'est Claude elle-même qui me l'avait raconté avec fierté au début de leur relation… Et à ce propos, où en sont-ils ?

– Tu n'es pas un tout petit peu fière des talents de ton fils ?

J'ai volontairement appuyé sur le « ton ».

– Ses talents, comme tu dis, je ne vois pas ce qu'ils m'apportent, sinon des emmerdes. La directrice veut à tout prix qu'on l'inscrive à la rentrée prochaine à Saint-Vincent-Providence, une école catho avec une section « Préka », comme « précoce », au diable de la maison. Et qui l'y conduira quand ni son père ni moi ne serons libres ? Alors que sa maternelle est la porte à côté et qu'au besoin il peut y aller tout seul à pied.

Tout seul ? À cinq ans ? Avec un cartable plus gros que lui ?

Je pense à mes enfants, si désirés, choyés, aimés.

– Écoute Claude, au besoin je pourrai m'occuper de ses trajets. Et même, s'il le faut, l'héberger parfois la nuit. Et j'en connais un qui sera content.

Lucas, bien sûr.

Claude ne répond pas : comme on l'a vu, Lucas et elle…

Et je me souviens de ce jour où, après avoir joué avec Benjamin à je ne sais plus quel jeu, mon fils s'était écrié : « Maman, mais il est génial, ce gamin ! » Comme s'il avait deviné ses dons avant tout le monde.

Claude m'a remerciée pour ma proposition et elle est partie. La regardant s'éloigner, je revoyais la toute jeune fille, entrée en même temps que moi au collège Antoine-de-Saint-Exupéry, une fille dont les parents étaient trop absorbés par leur carrière pour s'occuper d'elle, lui dire qu'ils l'aimaient ; lui apprendre à aimer. Je la revoyais, s'asseyant près de moi, me choisissant en quelque sorte plutôt que celles qui lui ressemblaient.

Je m'étais souvent demandé pourquoi, sans jamais trouver la réponse.

Ne venait-elle pas de me la donner à son insu ?

Encore et toujours une question d'amour. L'amour que j'avais reçu et qui me rendait forte. Celui dont elle avait été privée et qui, sous l'apparence, la rendait si vulnérable.

– 15 –

On dit que pour bien fleurir, la pivoine doit entendre le pas du jardinier.

Pour ce faire, on la plante en octobre, pas trop profondément et quand le sol est encore chaud. C'est là qu'elle fourbira tranquillement ses couleurs : rouge, rosé et un mauve craintif comme si elle s'excusait.

Bien sûr tout le monde connaît l'expression : « rougir comme une pivoine », même s'il serait plus juste de dire : comme un coquelicot, ou comme un « lucifer », cette drôle de plante aux teintes si ardentes qu'elles font penser aux flammes de l'enfer.

« Toi et tes incroyables histoires », s'amusait Hervé en me traitant de sorcière. Et il m'arrivait d'en inventer juste pour lui plaire.

Finalement, les enfants ne m'en ont pas voulu de ne pas les avoir emmenés aux sports d'hiver. Mais quand je leur ai expliqué que, désormais, il faudrait moins dépenser et que j'allais devoir chercher du travail, Pam s'est emportée, rouge comme un coquelicot.

– Et comment on va faire pour aller à l'école si t'es pas là ?

– J'espère trouver un travail qui me permettra de continuer à faire les trajets, sinon vous prendrez le car avec les copains.

– Depuis que sa maman est à l'hôpital, Victor y est abonné et il trouve ça bien plus marrant que la bagnole. Sauf qu'il doit faire super attention à ce qu'un voleur le voie pas quand il prend la clé cachée sous la pierre.

Si Victor était abonné et qu'il trouve ça plus marrant… Le sujet a été clos.

Autre chose. Devais-je parler à Lucas de ce que Claude m'avait confié à propos de Benjamin : son « haut potentiel intellectuel » ? Si je ne le faisais pas, il risquait de l'apprendre par quelqu'un d'autre et me reprocherait de le lui avoir caché.

Alors, cette fin d'après-midi-là, j'ai rejoint mon fils sur le canapé du salon où il pianotait fébrilement sur sa console de jeux.

– S'il te plaît, Lucas. Tu veux bien m'écouter une minute ? Il y a du nouveau pour Benjamin.

– Du nouveau ? Quel nouveau ? a-t-il grommelé, les manettes de sa console en l'air.

– On a découvert à son école qu'il était très, très doué.

Je lui ai répété ce que Claude m'avait raconté en essayant de ne rien oublier : la découverte par sa maîtresse stupéfaite qu'il savait lire, écrire et compter. La directrice qui s'était permis de le faire examiner par un psy, et la conclusion de celui-ci qu'il avait un QI exceptionnel.

– Ça veut dire quoi, un QI exceptionnel ? m'a interrogé Pam, qui bien sûr était accourue aux nouvelles.

Ma fille aussi curieuse que gourmande, ce qui signifie pleine d'appétit de vivre.

– Ça veut dire que Benjamin est très très intelligent.

Lucas a haussé les épaules, blasé.

– Moi, ça fait longtemps que je le savais. Pas besoin d'un psy.

Il a brandi sa console de jeux : « Un jour, il m'a demandé de lui apprendre et il a tout pigé d'un seul coup. Et maintenant, il me bat à plate couture. »

Son visage s'est assombri. « Et le Daniel, il en pense quoi ? »

– « Le » Daniel, comme tu dis, n'a pas été étonné du tout. Et n'oublie pas que lui aussi est très très intelligent.

– Il comprend tout ce que lui racontent les bêtes, s’est emballée Pam. Même qu’il faut plus les appeler des « bêtes », vu qu’elles aussi ont un super QI.

J’ai ri. Lucas, non.

– S’il est si intelligent que ça, qu’est-ce qu’il attend pour virer la salope ?

– 16 –

« La salope ». Cette fois, ni Pam ni moi n'avons protesté. Lucas avait posé la bonne question, la question dérangeante et cruciale : pourquoi Daniel, s'il était aussi intelligent, n'avait-il pas « viré » celle qui le traitait comme un minus et, bien pire, détruisait son fils ? Un fils qu'il avait désiré au point de conclure avec elle un pacte imbécile, impossible à tenir.

D'accord, d'accord, à l'époque, il était fou amoureux de la belle cavalière, aveuglé par son allure, son courage. Incapable de voir qu'elle ne roulait que pour elle. Et, de son côté, Claude, touchée par le grand garçon naïf dont elle-même vantait les capacités, se montrait sous son meilleur jour. Mais depuis le temps qu'ils partageaient le même toit, les yeux du « grand garçon » avaient dû se dessiller, non ? Alors pourquoi restait-il avec elle ?

Vous me direz que moi j'étais bien restée l'amie de Claude contre vents et marées. Mais ça n'avait rien à voir. Je la connaissais depuis l'enfance et ne m'étais jamais privée de la critiquer, lui dire son fait. Et ne m'avait-elle pas manifesté sa générosité en me sortant de mon petit monde étriqué, m'offrant des horizons nouveaux, me permettant de grandir ? Alors ?

Alors, la réponse était aussi évidente que la question que venait de me poser Lucas : Daniel, un lâche. Le plus vilain des défauts, gris et qui rampe.

Mais cela n'excusait pas Claude pour autant.

J'ai entendu sa réponse lorsque je lui avais demandé si, malgré tout, elle n'était pas un tout petit peu fière des talents de son fils : « Ses talents ? Je ne vois pas ce qu'ils m'ont apporté sinon des emmerdes. » Impardonnable.

J'ai posé la main sur l'épaule de Lucas.

– Tu as raison. Ça fait longtemps que Daniel aurait dû virer Claude.

– Merci maman, a-t-il simplement répondu d'une voix brouillée, approuvé par Pam.

Mon Dieu, quelle chance j'avais, moi, de les avoir.

Nous avons poursuivi la conversation au Parloir, tandis que je préparais le dîner sous le regard intéressé de Gribouille, Pam grappillant en douce de jolis grains de raisin blond doré dans le compotier.

– Et maintenant qu'ils savent pour Benj', il va se passer quoi ? m'a demandé Lucas.

– À la rentrée prochaine, il devrait changer d'école, aller à Saint-Vincent-Providence, où on s'occupe d'enfants comme lui, ai-je répondu.

– Alors, ça sera forcément mieux qu'à sa maternelle où les autres arrêtent pas de le martyriser, a-t-il constaté sombrement. Même que l'autre jour, il est revenu avec un gros coquard bleu sur le front parce qu'ils l'avaient poussé et qu'il tient à peine sur ses pattes.

– Trop dégueulasse ! a crié Pam, et Gribouille a filé sous la table.

Je savais comment réconforter mes enfants.

– Sa nouvelle école est bien plus loin de chez lui que sa maternelle où il peut aller tout seul à pied. Alors, j'ai proposé à Claude de l'y conduire en voiture quand ni elle, ni Daniel ne seraient disponibles. Peut-être même qu'on pourra parfois le garder à coucher.

Et là, mes Deux ont applaudi.

Plus tard, tout en dégustant un jambon-puréemaison, Lucas m'a raconté ce qu'il s'était passé l'automne dernier, après que nous avions découvert qu'une chatte sauvage avait eu sa portée dans le cabanon à outils du jardin. Quatre adorables chatons qu'on lui avait laissés le temps qu'ils se débrouillent tout seuls. À sa grande fierté, Pam avait réussi à en caser deux à des copines de classe – pauvres parents ! Un jour où Claude était venue me rendre visite avec Benjamin, Lucas l'avait emmené dans le cabanon et il n'oublierait jamais le cri qu'avait poussé son ami en découvrant les chatons blottis contre leur mère sous les vieux chandails qu'on leur avait dégotés. Il s'était laissé tomber près d'eux, avait fermé les yeux et n'avait plus bougé, comme s'il était l'un d'eux... Et Lucas avait eu tout le mal du monde à le faire ressortir, et, devant ses larmes, il avait même regretté d'avoir partagé sa jolie aventure avec lui.

Pauvre chaton Benjamin.

– 17 –

Benjamin a disparu.

Lorsque, en ce matin frisquet, à midi passé – dix minutes de retard, pas la mort –, Claude est arrivée devant l'école, les derniers parents quittaient la cour avec leurs bambins. Et elle a eu beau regarder partout, même derrière le gros marronnier, pas de petit garçon.

Elle a marché résolument vers l'institutrice, Mme Masson, qui s'apprêtait à rentrer dans le bâtiment et l'a interpellée.

– Où est Benjamin ?

L'instit' a ouvert de grands yeux.

– Mais... je suppose qu'il est parti avec M. Rousseau.

Et elle a fixé ostensiblement sa montre comme pour souligner le retard de Claude.

– Vous « supposez », a raillé celle-ci, sauf qu'aujourd'hui c'était moi qui devais venir le chercher et pas « môssieur » Rousseau.

Mme Masson s'est rembrunie : « Attendez-moi, je reviens. » Et elle est rentrée dans l'école.

Claude en a profité pour appeler Daniel : sur répondeur. Elle lui a laissé un message lui ordonnant de la joindre d'urgence et tant pis s'il s'inquiétait.

L'instit' revenait déjà, cette fois franchement inquiète, portant le cartable de Benjamin et sa doudoune.

– Je les ai retrouvés dans sa classe, a-t-elle appris à Claude d'une voix altérée. On dirait bien qu'il avait prévu de filer en douce.

C'était elle qui avait découvert la précocité de Benjamin : en filant en douce, n'en apportait-il pas une nouvelle preuve ?

– Il est sans doute tout simplement rentré à la maison, a relativisé Claude. Je vais voir, à tout de suite.

Combien de fois Benjamin avait-il fait le trajet tout seul quand ni elle, ni Daniel ne pouvaient l'accompagner : un petit quart d'heure à pied, clé cachée sous une brique près de la porte... Tout en marchant d'un bon pas, elle regardait autour d'elle au cas où le gamin se planquerait dans la végétation. L'instit' n'avait pas tort : avec lui, on pouvait s'attendre à tout.

Mais non : clé sous la brique, maison vide.

La directrice, Armelle de Chostenet, avertie par Mme Masson, l'attendait dans son bureau, une belle pièce oscillant entre passé et présent, livres et dossiers poussiéreux, voisinant avec un matériel électronique dernier cri. C'était là qu'elle avait appris à Claude et Daniel le « haut potentiel » intellectuel de leur fils et Claude se souvenait encore du sourire tranquille de son compagnon accueillant la nouvelle comme s'il la connaissait déjà et se félicitait que les talents de son fils soient enfin reconnus.

C'était une femme imposante dans la soixantaine, à l'impeccable chignon, gros, vêtue d'un tailleur strict, palmes académiques à la boutonnière. Elle a prié sa visiteuse de s'asseoir, puis lui a désigné la doudoune de Benjamin, pliée sur un siège.

– Je me fais du souci pour lui, a-t-elle attaqué. Pas plus de six degrés au thermomètre ce matin. On peut facilement imaginer son état.

Tout en prononçant ces mots, elle n'avait pas quitté des yeux l'élégant blouson de fourrure de Claude qui n'a pas jugé nécessaire de répondre.

– Voyez-vous une raison pour laquelle l'enfant aurait décidé de ne pas vous attendre ?

– Aucune, a menti Claude.

– Et aucune idée non plus d'un endroit où il aurait pu se réfugier ? Chez un parent ? Un ami ?

Et c'est là que Claude avait pensé à Lucas. Elle s'était levée et, sans autre forme de procès, avait planté là la redoutable Armelle de Chostenet.

Je m'apprêtais à déjeuner en écoutant de la musique quand mon amie m'a appelée. Pour moi, la musique, c'est comme un livre. Elle nous tient compagnie et parfois nous console. Elle nous répète que nous ne sommes pas seuls, que d'autres avant nous ont éprouvé en l'écoutant de mêmes sentiments. Que d'autres, après nous, continueront à s'en émouvoir, et ça nous aide à vivre. Surtout la musique classique qui, avec ses violons, vous transporte au ciel.

La voix de Claude était étouffée, comme si elle avait couru. Elle m'a appris la disparition de Benjamin et les recherches entreprises en vain pour le retrouver. Pourrais-je interroger Lucas au cas où il aurait une idée de l'endroit où il pouvait être ?

J'ai commencé par lui redire mon amitié : si elle avait besoin de quoi que ce soit, j'étais... Mais elle m'a coupée vertement : « Je t'ai posé une question, s'il te plaît, accouche. » Alors je lui ai rappelé que mes enfants déjeunaient à la cantine de leur collège et que je ne les reverrais qu'en allant les y chercher à 16 h 30... Bien sûr, j'interrogerais Lucas tout de suite et la rappellerais aussitôt rentrée pour lui faire part de sa réponse.

Et c'est là que, sans me dire merci, elle m'a raconté d'une voix épouvantable qu'hier soir elle avait sérieusement engueulé Daniel quand, la bouche en cœur, il lui avait demandé si, exceptionnellement, elle ne pourrait pas aller chercher Benjamin le lendemain à son école, car il avait un déjeuner important avec un nouveau client.

– Comme si des déjeuners importants, moi, je n'en avais pas tous les jours, a-t-elle râlé. Et depuis quelque temps, pour lui, l'exception devient un peu trop la règle.

Devant ses larmes – quel homme ! – elle avait fini par céder en l'avertissant que c'était la dernière fois.

– Qui sait si, fouineur comme il est, le gamin n'a pas tout entendu ? a-t-elle ajouté.

Et, clac, elle a raccroché.

J'ai été incapable de manger mon croissant-jambon-mayonnaise. Je me suis contentée d'un café. Pourvu que Lucas ait une idée.

Un jour, il m'avait raconté que le jeu de Benj', comme il l'appelait, était « cache-cache »… En vrai ou en ligne.

Bien sûr !

Être cherché, appelé par son prénom, entendre des cris de joie lorsqu'on était retrouvé. Le bonheur !

– 18 –

« Ah gla gla »… Vous dites ça, vous faites semblant de claquer des dents et tout le monde rigole. Je ne rigolais pas en imaginant le minuscule petit garçon sans sa doudoune, grelottant dans sa cachette.

Du coup, je suis arrivée avec dix minutes d'avance à l'école des enfants. Dix minutes d'avance pour moi, dix minutes de retard pour Claude et le destin qui rigole.

Mon autre inquiétude : comment Lucas réagirait-il à l'annonce de la disparition de son ami, lui si émotif, à « fleur de peau », comme disait son parrain. Encore des fleurs, jalonnant mon chemin.

Le car de ramassage était déjà là, le chauffeur debout devant la portière, casquette sur la tête, l'air important. Les mamans arrivaient, peu à peu, quelques papas. On se connaissait tous grâce aux fêtes et aux anniversaires donnés chez les uns et les autres, et mon grand jardin était particulièrement apprécié. Je me souvenais de ma honte à l'âge de Pam quand maman m'attendait dans ses vilains vêtements, tête baissée, loin des autres mères, et que je devais la rejoindre sous les moqueries de mes soi-disant amies. Aujourd'hui, je tenais ma revanche. La revanche, c'est bien. Pas la vengeance qui vous aveugle.

Et puis, d'un coup, la porte s'est ouverte, les oisillons sont sortis en battant des ailes dans un pépiement joyeux et j'ai reçu mes Deux dans mes bras.

J'avais prévu d'attendre notre retour à la maison pour annoncer la triste nouvelle à Lucas, si possible loin de Pam qui fait des cauchemars la nuit depuis que son papa est parti et vient se réfugier dans mon lit. Mais à peine ai-je eu démarré que les mots sont sortis tout seuls.

– Ce matin, quand sa mère est allée chercher Benjamin à sa maternelle, il n'était pas là. Depuis, elle le cherche partout, et elle m'a demandé si…

– Bien fait pour sa pomme ! m'a interrompue Lucas en criant. Ça lui apprendra à le traiter comme un rien-du-tout.

– Est-ce qu'il a été enlevé par un vilain monsieur comme Déborah ? s'est écriée Pam.

– Certainement pas !

Déborah, neuf ans, avait disparu sur le chemin de son école à Dinard, deux semaines auparavant. Pendant trois jours, tout le monde n'avait parlé que d'elle et lorsqu'on l'avait retrouvée chez son père divorcé en Espagne – Madrid – le soulagement avait été général, sauf pour ceux qui se gavent de violence sur les réseaux sociaux et préfèrent les histoires qui se terminent mal, si possible dans le sang.

Moi, je crois qu'on devrait interdire tous ces sites hyper violents comme des hypermarchés où tu choisirais ton arme de destruction. Mais il paraît que c'est très compliqué parce que ce sont des sites qui font plein d'audimat et qui rapportent plein de sous, on ne sait pas à qui, on ne sait pas où, à une époque où l'argent est roi. Et quand grand-tante Charlotte hurle que tout ça pourrit la jeunesse, même si elle est d'une autre génération, je suis d'accord avec elle.

On arrivait déjà, salués par les bonds de Gribouille.

– Lucas, ai-je vite demandé, si tu m'écoutais au lieu de te braquer ? C'est ultra important. Est-ce que tu n'aurais pas une idée de l'endroit où ton copain pourrait se cacher ?

Sans répondre, il m'a fait une peur bleue en sautant de la voiture même pas arrêtée et fonçant vers la maison dont je laisse toujours la porte ouverte, ce qui fait aussi hurler grand-tante Charlotte.

– Complètement dingo, a pouffé sa sœur.

On a mieux compris quand il nous a rejoints dans l'entrée avec l'iPhone que son parrain lui avait offert comme promis pour ses huit ans et qui est interdit à l'école. Il y a pianoté, après il a appuyé son oreille, puis il a poussé un gros soupir :

– Rien ! Benj' m'a rien laissé du tout.

Son « Benj' » lui laissait souvent des messages en utilisant le portable de ses parents dont il avait chipé le code secret sans qu'ils s'en doutent. De toute façon, il parle bien plus facilement avec des SMS qu'à vive voix.

J'ai suspendu ma doudoune à la patère en pensant à celle que le petit avait laissée à l'école et dont j'avais évité de parler aux enfants pour ne pas en rajouter.

– Ça se pourrait qu'il se cache dans le parc, a grommelé Lucas. Il le connaît par cœur.

Le parc du Thabor, qui sépare la maison de Claude de l'école de Benjamin. Même pas quinze minutes à pied. Un parc magnifique, qui s'étend sur dix hectares, avec plein d'espèces rares : cèdres du Liban, tulipiers de Virginie, hêtres tricolores et même des *halesias carolina*, l'arbre à clochettes d'argent. Mais avec aussi des fourrés, des taillis, des rochers, des fossés, des grottes, plein d'endroits où vous perdre ou vous casser la patte.

– Je suis sûre que Claude y a pensé, ai-je répondu à mon fils en baissant la voix sur

« Claude ». À propos, ça fait combien de temps que tu n'as pas vu ton copain ?

– Tu te rappelles pas ? crie à nouveau Lucas. Dimanche dernier, quand il est venu ici avec la salope.

– ARRÊTE !

Là, c'était Pam qui avait crié. Les gros mots sont interdits à l'école comme à la maison. Mais on dirait que, pour parler de Claude, Lucas n'en connaît pas d'autres.

– On avait même joué aux « Sept familles », a-t-il grommelé.

Bien sûr !

« Je demande la mère – pas la salope. Je demande le père – pas le lâche. Je demande la sœur, le frère, la grand-mère, le grand-père. Pauvre petit garçon sans famille.

Claude était sur répondeur.

– 19 –

Je tentais de me reposer dans ma chambre, mon portable à portée de main, lorsqu'elle m'a rappelée. Sans attendre, je lui ai appris que, hélas, Lucas n'avait eu aucun signe de Benjamin, mais ça n'a pas eu l'air de l'étonner plus que ça.

Elle revenait du poste de police de son quartier à Rennes, où Daniel l'avait emmenée *manu militari* dès qu'elle lui avait parlé de la disparition de leur fils.

– Daniel ? « *Manu militari* », vraiment ?

– Tu l'aurais vu : un fou furieux ! Lui qui n'élève jamais la voix hurlait à s'en faire péter les tympans sur le commissaire en lui ordonnant – j'ai bien dit « ordonnant de déclencher immédiatement » l'alerte enlèvement. Et le commissaire avait beau lui expliquer que, pour cela, il fallait que l'enlèvement soit avéré, ou que la famille ait reçu des menaces précises, il ne voulait rien entendre. Pour qu'il se calme, on a dû lui promettre qu'étant donné l'âge de Benjamin la section de recherches serait activée sur-le-champ. Plus tard, pour nous rassurer – tu parles –, le cher homme nous a raconté que chaque année, environ cinquante mille enfants disparaissaient, dont la plupart étaient retrouvés très vite chez des parents ou des amis. Et, évidemment, il nous en a réclamé la liste.

Claude a eu un rire grinçant : « Néantissimo, comme tu le sais. »

Hélas oui, je le savais ! Les parents de Claude, aux abonnés absents, totalement absorbés par leur entreprise de boulons, écrous et tiges filetées. Les parents de Daniel, à la retraite dans le Midi : Nice. Quant aux amis, à part Lucas...

– Ils sont certains qu'il s'agit d'une fugue, a repris Claude. Il a fallu leur donner une photo récente du gamin et leur décrire la façon dont il était habillé ce matin. Et bien sûr, l'autre s'y est collé, en sortant de son portefeuille tout un album du petit chéri et détaillant les vêtements qu'il lui avait mis avant de le conduire à sa maternelle.

« L'autre »... Ce mépris !

La police avait l'intention de commencer par aller interroger la directrice de l'école de Benjamin pour en savoir plus sur lui, ses relations avec ses camarades et son comportement en général. Elle interrogerait également les parents venus chercher leurs enfants à la même heure ainsi que les voisins au cas où l'un d'eux se souviendrait d'un détail propre à faire avancer l'enquête.

– Une dernière chose concernant Lucas, a repris Claude. Quand Daniel a parlé au commissaire de l'amitié entre Benjamin et lui, il s'est montré super intéressé et il n'a pas exclu, au cas où on en serait au même point demain, d'envoyer les gendarmes de Montreuil chez toi pour sonder ton fils.

Les gendarmes ici ? Pour « sonder » Lucas ?

– Voilà, tu sais tout, a conclu Claude. Sauf que Daniel a disparu lui aussi. Très probablement à la fouille du parc. Et si, parmi ses patients à poil ou à fourrure, se trouve un renifleur, nul doute qu'il fera appel à lui. Bref, ça m'étonnerait qu'il soit là pour préparer le dîner, *bye*.

Sous la raillerie, sa voix avait-elle dérapé ?

Lucas m'attendait à la porte de ma chambre.

– Avec qui tu parlais ? Avec « elle » ? m'a-t-il demandé agressivement.

Sans lui répondre, je l'ai précédé au Parloir où Pam, assise à la table, sirotait sombrement un jus de pomme tout en dévorant mon croissant-jambon mayo de midi, laissé dans le frigo.

J'en ai sorti un coca pour mon fils – interdit entre les repas, tant pis – et, pour moi, une bouteille d'eau fraîche à bulles, dont j'ai bu plusieurs gorgées avant, sans me presser, de raconter à mes pénitents ce que Claude m'avait appris : ce matin, Daniel frappadingue après la mauvaise nouvelle, la police, les divers interrogatoires et la section de recherche activée. Puis, bien obligée, avec mille précautions, j'ai révélé à Lucas que demain matin, si son ami n'était pas retrouvé, les gendarmes de Montreuil viendraient ici pour lui poser quelques questions. Bien sûr en ma présence.

– Les gendarmes ? Est-ce qu'ils vont le mettre en prison ? s'est affolée Pam.

– Mais bien sûr que non. Qu'est-ce que tu vas chercher là !

C'est alors que Lucas a balayé du bras tout ce qui se trouvait sur la table avant de courir se barricader dans sa chambre.

– 20 –

Vite, Thomas ! Contrairement à moi, il saurait trouver les bons mots pour rassurer son filleul.

Il était sur répondeur. Résistant à l'envie de galoper chez lui et le ramener « *manu militari* » – oui, Daniel –, je me suis contentée de lui laisser un message : « Viens vite, s'il te plaît, c'est pour Lucas. » Puis, aidée de Pam, Gribouille confiné dans son panier, nous avons réparé tant bien que mal les dégâts : balayé le sol, passé la serpillière, épongé la table. Mais quand j'ai supplié ma fille d'éviter durant quelque temps de marcher pieds nus sur le carrelage pour ne pas se blesser, ça ne lui a pas plu.

– Arrête, maman, tu me prends pour qui, une débile ?

Afin de me racheter de je ne sais pas quoi, j'ai décidé de préparer le plat préféré de mes enfants :

spaghettis à la bolognaise, avec plein, plein de gruyère râpé à ajouter pour les gourmands.

L'eau bouillottait dans la casserole lorsque Lucas est réapparu, visage fermé, musique à fond sur son mp3. Sans rien dire, j'ai jeté les pâtes dans l'eau et placé la sauce tomate à la viande au micro-ondes. J'allais mettre le couvert quand la porte d'entrée a claqué et Thomas – qui possède la clé de la maison au cas où – a claironné : « Me voilà. » Lucas s'est levé d'un bond et, sitôt son parrain entré, il s'est jeté dans ses bras en poussant une sorte de couinement plaintif. J'oublie trop souvent qu'à huit ans on est encore petit et fragile.

Pam a éteint le mp3 qui braillait pour rien et, le plus tranquillement du monde, elle a rajouté un couvert. Il m'arrive parfois de penser que, des deux, c'est elle que je devrais appeler « ma grande », même si elle pleure plus souvent que son frère. Mais pleurer n'est pas forcément un signe de faiblesse, au contraire, ça peut vouloir dire qu'on arrête de crâner pour accepter la réalité.

Le regard de Thomas est venu vers moi, il m'a dit « t'en fais pas, je suis là », et tout de suite j'ai commencé à avoir faim, surtout qu'à midi j'avais séché le déjeuner.

– Des soucis, camarade ? a-t-il lancé à son filleul.

Et Lucas qui, jusque-là, avait bravement retenu ses larmes, a éclaté en sanglots.

– Je te propose un marché, a proposé Thomas sans se troubler : « On déguste les délicieux spaghettis préparés par ta mère avant qu'ils se transforment en glue et après tu me racontes tout, d'accord ?

– Ça roule, a bredouillé Lucas d'une voix catastrophique.

Il s'est assis près de son parrain, s'est mouché dans sa serviette, s'est raclé la gorge en me regardant comme une traîtresse bien-aimée, tandis que, réprimant mon émotion, j'égouttais les pâtes, les mélangeais à la sauce et versais le tout dans la cocotte réchaud.

Thomas s'est chargé du service. Et quand, son assiette remplie, Lucas a tendu la main vers la coupelle de gruyère râpé, en a pris une grosse pincée et l'a répandue sur ses spaghettis, j'ai compris qu'on était sur la bonne voie et laissé libre cours à ma faim d'ogre – pardon, d'ogresse – en engloutissant plusieurs grosses bouchées et donnant l'exemple à la tablée.

Il y a des gens qui ont peur du silence, comme si c'était eux qu'il visait. Alors, ils le remplissent de paroles en l'air, de farfelu, de bagatelles, n'importe quoi. À moins qu'ils n'allument leurs tablettes, ce qui revient au même parce que tout ça, c'est de la triche, un point c'est tout.

Autour de la table, le silence ne pesait pas, au contraire. Il parlait d'un petit garçon perdu, de crainte, de doute, mais aussi d'amitié, de complicité, d'espoir, aussi personne n'éprouvait le besoin de le remplir.

Alors personne n'éprouvait le besoin de le remplir, sauf Gribouille avec ses soupirs, les pâtes lui étant interdites.

Lorsque les assiettes ont été presque vides, se souvenant du marché conclu avec son parrain, Lucas s'est tourné vers moi et il m'a demandé, d'une voix minuscule :

– S'il te plaît, maman, est-ce que tu veux bien raconter pour moi ?

J'y suis allée.

J'ai raconté l'absence de Benjamin ce matin à sa maternelle lorsque Claude s'y était présentée. Ses efforts, ainsi que ceux de l'école, pour le retrouver, Daniel alerté courant à la police, la « section de recherche » activée et la décision, si Benjamin n'était pas retrouvé demain, d'envoyer les gendarmes chez nous, pour interroger Lucas, en espérant que lui reviendrait ne serait-ce qu'un détail utile à l'enquête.

Lucas a agrippé la manche de son parrain.

– S'il te plaît, est-ce que tu pourras être là quand ils viendront ? a-t-il supplié.

– Sans problème, a répondu Thomas.

– Et est-ce que tu voudras bien dormir ici pour s'ils viennent dès l'aube ?

– Volontiers. À condition que ta mère soit d'accord.

– Et pourquoi je ne le serais pas ? ai-je protesté, la gorge nouée.

– Ben alors, c'est nickel, que demande le peuple, a crié Pam drôlement en levant les bras au ciel en signe de victoire.

Marché honoré.

Plus tard – on en était à la salade de fruits – Lucas a demandé à Thomas la différence entre policiers et gendarmes. Thomas lui a répondu que, dans les grandes villes comme Rennes, c'était la police qui s'occupait de la sécurité des habitants, alors que dans les villages comme le nôtre, les gendarmes s'en chargeaient… Et pour Benjamin, on pouvait dire que ça tombait bien parce qu'il connaissait personnellement l'adjudant-chef : Toussaint Brisseau, un gars épatant qui saurait certainement régler le problème en douceur. Il l'appellerait dès ce soir.

– Et pour ton copain, a-t-il conclu, t'en fais pas, on te le retrouvera.

Et Lucas, qui a une confiance aveugle en son parrain, a semblé rassuré.

– 21 –

Une porte claquée me réveille en sursaut. Quelle heure ? C'est encore la nuit derrière les rideaux entrouverts. Ma main tâtonne vers le réveil : 6 h 10. Un enfant, allé aux toilettes sans se préoccuper du bruit ?

J'ai très mal dormi, hantée par l'image d'un petit garçon dont le regard bleu, celui de sa mère, ne cessait de me demander « pourquoi ? ». Pourquoi ma maman ne me regarde pas ? Pourquoi elle me prend jamais dans ses bras ? Pourquoi elle ne veut pas de moi ? Un petit garçon à la tignasse châtaine de son père ; qui ne cessait de demander « pourquoi ? ». Pourquoi mon papa baisse-t-il les yeux quand maman lui parle ? Pourquoi il me prend pas dans ses bras quand elle est là ? Pourquoi il se cache pour m'aimer ?

Tous ces « pourquoi » comme des griffes, comme des crocs plantés dans la chair d'un innocent.

Afin de m'aider à me rendormir, je me suis répété les paroles de Thomas à Lucas hier : « et pour ton copain, t'en fais pas, on te le retrouvera ». Et je me suis juré, lorsqu'il serait retrouvé, de balancer à Claude ses quatre vérités.

J'ai laissé retomber ma tête sur l'oreiller : allons, pas le moment de flancher, la journée serait longue.

Un rire. Ai-je vraiment entendu un rire ? Est-ce possible ? Un autre, cette fois je saute du lit, file dans la salle de bains, arrêt-pipi, toilette de chat, trois coups de brosse dans mes cheveux, peignoir.

C'est allumé dans le Parloir, je pousse la porte, le bonheur me pétrifie.

Sur les genoux de Lucas assis près de Thomas, Benjamin. Il porte un pull dix fois trop grand pour lui, son visage est sale dégoûtant, son nez coule, ses lèvres tremblent. Et je ne peux m'empêcher de courir vers lui.

– Oh, mon chéri, je suis tellement, tellement heureuse que tu sois là !

– Eh oui, la nuit porte conseil, constate Thomas, radieux.

Il m'a ordonné de m'asseoir, a rajouté un bol à ceux qui se trouvaient déjà sur la table, mis la cafetière en route, fait chauffer le lait, grillé les tartines, sorti beurre, miel et confitures, comme chez lui. Puis, sous le regard confiant de son filleul qui, décidément, préférait qu'on parle pour lui, il a raconté.

Ce matin, vers 5 heures, Lucas s'était réveillé en sursaut. Il avait rêvé du cabanon, au fond du jardin, où la chatte avait mis bas. Il avait revu la stupéfaction, l'émerveillement de son Benj', sa façon si touchante de se coucher près des chatons comme s'il vouait être l'un d'eux, sa difficulté à le faire ressortir, et il avait su.

Il avait quitté sa chambre sur la pointe des pieds, attrapé n'importe quel vêtement dans l'entrée, pris la lampe torche et galopé jusqu'au cabanon où il avait découvert Benjamin, couché en boule sur le sol gelé. Alors il avait fait demi-tour et réveillé Thomas qui était allé le chercher et l'avait transporté dans ses bras au Parloir.

Autrefois, Thomas avait reçu une formation aux « premiers secours ». Ne jugeant pas nécessaire d'emmener le petit à l'hôpital, il avait entrepris de le réchauffer avec l'aide de Lucas. Et leurs rires, saluant l'avidité avec laquelle le chaton avait vidé le grand bol de lait chaud, m'avaient réveillée.

– Mais comment a-t-il fait pour venir jusqu'ici ? ai-je demandé, partagée entre émotion et incrédulité.

– Fastoche ! a pavoisé Lucas. Tu sais bien que la gare est à deux pas de chez lui et il a dû faire le trajet un million de fois. En plus, y a presque jamais de contrôleur.

Exact ! Sans oublier le « haut potentiel » du voyageur.

J'ai approché mon visage de celui du petit sur lequel les larmes coulaient à nouveau. « Écoute moi bien, mon Benjamin, je suis heureuse que tu te sois réfugié ici. Et tu dois savoir que tu y resteras autant de temps que tu le voudras. »

Et, à mon fils : « Je suis fière de toi. »

Ne manquait à la fête que Pam, surgissant dans la cuisine, tout ébouriffée, en pantoufles et pyjama Mickey. Découvrant Benjamin, elle a couru vers lui.

Un peu plus tard, alors que nous étions tous rassasiés, Thomas m'a fait discrètement signe de le suivre, et nous sommes passés au salon qui m'a paru plus grand, avec un air de fête, grâce au retour de Benjamin.

– Il est temps d'appeler la gendarmerie pour lui dire que l'enfant a été retrouvé sain et sauf et qu'il est ici, a-t-il décrété d'une voix ferme. Nous n'avons que trop tardé. Et toi, tu feras bien d'appeler ton amie pour la rassurer.

– Bien sûr. Même si je suis certaine que c'est Daniel, son compagnon, qui sera le plus heureux.

– Qu'en sais-tu ? a observé Thomas.

Je m'en souviendrais.

– Autre chose, a-t-il repris. Tu connais notre Lucas. En apprenant la visite des gendarmes, il risque de disjoncter. Je compte sur toi pour le rassurer en lui rappelant l'existence de mon ami adjudant-chef, et en lui disant mon intention de l'appeler pour lui demander de prendre l'affaire en main.

Mon pauvre Lucas, si fier d'avoir retrouvé son copain. Mon cœur s'est serré.

– C'est d'accord, ai-je répondu à Thomas, mais, s'il te plaît, laisse-moi un peu de temps avant qu'il débarque avec ses grosses bottes, j'ai plein de choses à faire et, après tout, il n'est que 7 heures.

– À vos ordres, madame l'affairée, s'est amusé Thomas, et il a laissé courir le dos de ses doigts sur ma joue comme j'aime.

Il arrive à Lucas d'entendre raison et il savait très bien qu'on ne pourrait pas garder éternellement son ami ici. Quand je lui ai répété les paroles de son parrain, il s'est contenté de pousser un gros soupir.

Me restait à appeler Claude.

À l'annonce que son fils était chez moi, elle a gardé un long, long silence avant de raccrocher sans un mot. J'ai réprimé un sourire : elle devait déjà être en route pour la Buissonnière. D'accord, Thomas.

Enfin, secondée par Pam ravie, j'ai donné un bain à l'enfant qui n'a pas protesté, apparemment conquis par ma fille. Le bain terminé, elle l'a emmené dans sa chambre afin qu'il y choisisse des vêtements propres. J'en ai profité pour m'habiller moi aussi. Et j'ai choisi le tee-shirt au camion plein de cœurs, offert à moi par Lucas à Noël, pour l'honorer.

– 22 –

Claude et Daniel sont arrivés peu avant les gendarmes. Voyant ses parents entrer dans le salon, Benjamin, assis sur le canapé entre Lucas et Pam, a poussé un cri d'oiseau et s'est réfugié contre son ami qui me fixait comme une traîtresse.

Alors que Claude découvrait avec effarement le tee-shirt rose à paillettes, short assorti dont était affublé son fils – cadeaux de Pam –, Daniel s'est approché lentement du petit et, genou à terre, d'une voix que je ne lui connaissais pas, forte, décidée, il lui a demandé pardon. « Pardon de m'être si peu, si mal occupé de toi, de ne pas t'avoir défendu quand il le fallait, de n'avoir pas été un bon papa. »

Il y a des moments rares, dont on sait qu'on ne les oubliera jamais. Celui-là en était un et les souffles retenus de chacun le disaient.

– Mais c'est terminé, a poursuivi Daniel de la même voix. Tu recevras désormais tout l'amour, toute l'attention que tu mérites. Je m'y engage.

Et je me suis souvenue d'une citation apprise au collège Saint-Exupéry et qui m'avait beaucoup frappée.

« Un homme n'est jamais aussi grand que lorsqu'il s'agenouille devant un enfant pour l'aider. » Pythagore.

L'adjudant-chef Toussaint Brisseau, de la brigade de Montreuil-sur-Ille, s'est présenté à 8 heures pile à la maison. Il était accompagné du caporal Claire Dupuis, une forte femme à grosse poitrine et au gentil sourire. Tandis que Thomas entraînait Lucas plus loin pour lui présenter l'adjudant, elle s'est approchée du petit sans paraître remarquer ses parents.

– Bonjour, Benjamin, je m'appelle Claire. Est-ce que je peux m'asseoir près de toi ?

Bien sûr, Benjamin n'a pas répondu. Il s'est enfoncé un peu plus dans l'épaule de Pam.

– Si tu es d'accord, je vais te poser quelques questions, a continué le caporal sans se décourager. Par exemple, pourquoi, hier, tu as quitté ton école sans attendre ton papa.

– Pas la peine de vous fatiguer, a déclaré Pam, de toute façon, il vous répondra pas, il parle qu'avec ses dessins.

Elle s'est tournée vers moi : « Maman, tu veux bien aller chercher mes crayons de couleur dans ma chambre, s'il te plaît ? » Et j'ai foncé.

Sur son bureau, il y avait sa belle boîte mi-pastels mi-crayons et son bloc à dessin. J'ai pris le tout, l'ai rapporté au salon et l'ai posé sur la table basse devant Benjamin. Sans attendre, Pam a ouvert la boîte et le bloc.

– Tu peux y aller, raconte tout à la dame.

Et, sous les yeux effarés de la « dame-caporal », Benjamin s'est lancé dans une de ses œuvres dignes des Beaux-Arts.

L'adjudant-chef Toussaint Brisseau était toujours en pleine discussion avec Lucas et Thomas, je les ai rejoints.

– Vous avez un bon p'tit gars, madame, m'a-t-il félicitée. Sans lui, croyez-moi, à l'heure qu'il est, son copain serait dans un sale état.

Il a posé sa patte sur l'épaule du « bon p'tit gars ».

– Et maintenant, fiston, peux-tu me parler de la famille de ton Benjamin ?

Et alors que je m'attendais à un silence buté, sans prendre garde à la présence des parents de son ami, Lucas a explosé.

Ah oui, il pouvait en parler de sa famille ! Une mère qui n'avait jamais aimé son fils et le traitait comme un moins-que-rien. Un père incapable de le défendre, rampant devant la salope – aïe – et même pas une grand-mère, un grand-père pour le consoler. Et si Benj' s'était tapé tout le trajet de Rennes à Montreuil, de sa maternelle au cabanon de la Buissonnière, c'est qu'il n'en pouvait plus d'être délaissé. Alors tant pis s'il mourait de froid, de soif, de faim ou de n'importe quoi, il s'en foutait.

Sans paraître remarquer le regard d'écorché vif de Daniel, glacé de Claude, Lucas a désigné son ami en train de dessiner et, les yeux brillant de fierté, il a déclaré que c'était le petit garçon le plus intelligent du monde, le QI d'Einstein, un grand savant auquel il aurait bien voulu dire deux mots. Mais, de son QI aussi, ses parents s'en tamponnaient.

Tout en écoutant mon fils parler, à la fois j'étais fière et j'avais peur. Peur qu'après toutes ces accusations Benjamin ne soit retiré à Claude et Daniel et placé dans un foyer ou dans une maison d'accueil, loin de Montreuil, où on ne le verrait plus jamais. Lucas n'était-il pas en train de creuser sa propre tombe, comme on dit ? Et après, il n'aurait plus que ses yeux pour pleurer. Et, cherchant désespérément du secours auprès de Thomas, j'ai bien vu qu'il pensait la même chose que moi.

Quand Lucas a eu terminé, l'adjudant-chef Toussaint Brisseau nous a demandé très poliment de bien vouloir quitter la pièce afin de pouvoir interroger tranquillement les parents du fugitif. Seul Thomas a été autorisé à rester. Pam, Benjamin, Lucas et moi nous sommes réfugiés au Parloir qui, avec les gémissements plaintifs de Gribouille, en plus de nos propres larmes, aurait plutôt mérité le nom de « Pleuroir ».

C'est Thomas qui nous a tout raconté plus tard.

Devant Claude muette, raide comme l'injustice, Daniel avait plaidé coupable sur toute la ligne. Il avait appris à l'adjudant le pacte conclu avec sa compagne quand elle s'était retrouvée enceinte contre son gré. Sa lâcheté impardonnable vis-à-vis d'elle, son incapacité à défendre son fils malgré tout l'amour qu'il lui portait. Oui, Lucas avait raison : aucune circonstance atténuante.

Mais c'était terminé. Désormais, il prendrait ses responsabilités, jouerait pleinement son rôle de père. Il en faisait le serment à Lucas.

Interrogée à son tour, Claude avait refusé de parler. Elle avait même trouvé le moyen de plaisanter : « pas sans mes avocats ».

Et, pour finir, c'est Benjamin qui avait tranché en se jetant en pleurs dans les bras de son père, lorsque un peu plus tard il l'avait retrouvé, et criant désespérément « Papa », comme s'il redoutait que les gendarmes ne le lui enlèvent.

C'est le préfet qui, après examen du dossier, a rendu son verdict : l'enfant resterait au domicile parental à plusieurs conditions. Il serait suivi par un psychiatre le temps que celui-ci le jugerait nécessaire. Les services sociaux s'assureraient régulièrement qu'il était bien traité et, au moindre doute, Benjamin leur serait retiré, cette fois définitivement.

Thomas avait tenu à ce que les enfants soient présents durant son récit, surtout Lucas qui avait si brillamment assumé son rôle durant cette tragédie, et j'ai bien senti que mon fils se reprochait amèrement d'avoir été trop loin dans ses attaques contre Claude et Daniel. Il y aurait du travail à faire de ce côté-là.

Mais le silence attentif de mes « deux », leur regard sérieux, leur silence, m'ont dit clairement que, comme moi, ils avaient grandi.

– 23 –

Je savourais une grasse matinée-pyjama au salon entre mes enfants enfin apaisés, quand Claude m'a appelée. Pouvions-nous nous voir cet après-midi vers 15 heures au théâtre de Verdure, dans le parc du Thabor ?

Ce théâtre est connu pour les concerts qui s'y donnent chaque dimanche et il nous était arrivé plus d'une fois de nous y retrouver, alors pourquoi pas ? Et cela me donnerait l'occasion de tenir la promesse que je m'étais faite de lui balancer ses quatre vérités. La façon dont elle avait traité le pauvre Daniel, son indifférence au sort de son fils, continuaient de me révolter, et oui, elle allait m'entendre !

Quand je suis arrivée, le soleil pointait timidement le bout de son nez entre deux nuages comme si, lui aussi, demandait pardon. Claude était assise sur une chaise en métal un peu à l'écart de la petite foule qui se pressait devant le théâtre, où un groupe de jeunes interprétaient du pop rock. Je lui ai dit « bonjour », je me suis installée sur le siège qu'elle avait gardé près du sien et j'ai attendu.

Sans me regarder, d'une voix sourde, teintée d'agressivité, elle a déclaré que, depuis le début de cette foutue histoire, elle avait été traitée comme une criminelle, une mère indigne, une marâtre, incapable d'aimer son enfant, coupable d'abandon. Qu'aucun de ses juges ne s'était donné la peine d'aller voir un peu plus loin, plus profond, du côté de son enfance à elle. S'ils l'avaient fait, ils y auraient trouvé des parents totalement absorbés par leur entreprise et qui accordaient plus d'attention à leurs employés qu'à la petite fille qui, dans leur belle demeure, ravalait ses larmes, sa solitude, au milieu de sa nombreuse domesticité.

Imaginaient-ils, ces juges, qu'il est facile de donner ce que l'on n'a pas reçu ? Claude savait bien que non. C'est pourquoi elle avait décidé d'avorter quand elle s'était retrouvée malencontreusement enceinte de Daniel. Et jamais, jamais, elle n'aurait dû céder aux supplications du grand benêt qui la regardait comme la septième merveille du monde, aveuglé par ses sentiments ; comme une imbécile, elle avait fini par lui céder et la crevette, source de tous ses soucis, était née.

La « crevette »… C'était la première fois que j'entendais Claude prononcer ce nom pour désigner son fils, nom prononcé d'une voix cassée qui m'a retiré toute envie de lui balancer ses quatre vérités. « Cette crevette », a-t-elle confirmé, qui la fixait avec un regard d'affamé, quêtant l'affection, les soins, le temps, l'amour, qu'elle était incapable de lui donner.

Et que je ne m'avise pas de la juger, moi la rassasiée, la gavée d'amour qui avait trouvé le moyen, au collège Saint-Exupéry, de lui en offrir un peu. Et qui sait si ce n'était pas cette lucarne ouverte sur autre chose, une chaleur, un mieux-être, qui l'avait incitée à garder le fœtus, la graine, le grain de poivre, entré par effraction dans son ventre.

Elle a levé vers moi un regard ulcéré. Et est-ce que je croyais vraiment que, lorsque Benjamin avait disparu avec seulement trois fils sur le dos par un froid de gueux, elle n'avait pas grelotté elle aussi ? Qu'elle n'avait pas eu faim, soif et peur qu'un malade ne profite d'une proie si facile pour commettre le pire ? Et quand je l'avais appelée pour lui dire qu'il était chez moi, elle qui n'était pas sujette au vertige s'était retrouvée par terre de bonheur.

Le pop rock battait son plein dans le théâtre de Verdure. Il fallait voir les visages extasiés des spectateurs, entendre leurs cris de joie, comme si la vie n'était pas aussi parfois le théâtre de tous les regrets, toutes les douleurs.

– Alors, mets-toi bien une chose dans la tête, a conclu Claude. Si jamais un débile de psy ou un taré des services sociaux s'avise de me prendre mon fils pour le donner à des imbéciles uniquement intéressés par les gros sous, infoutus de l'élever correctement, c'est moi qui l'enlèverai et tant pis pour mon boulot, au diable Daniel, je l'emmène au bout du monde et on recommencera tout ensemble.

Elle a eu une sorte de rire, comme une digue prête à déborder.

– Et, au cas où la mère indigne serait envoyée en taule, je compte sur toi pour leur expliquer.

– Bien sûr, comme d'hab', ai-je répondu.

Et moi qui ne me souvenais pas d'avoir vu pleurer mon amie, ma merveilleuse amie, j'ai été servie. Toutes les larmes que la petite fille, l'ado, la femme, avaient retenues, jaillissant en fontaine, en grande marée, en torrent.

– 24 –

Quand, à la quincaillerie, j'étouffais dans le lit du bas de la chambre que je partageais avec ma sœur Mahaut, je me promettais d'avoir un jour une maison avec un jardin plein de pois de senteur et aussi de m'occuper des enfants qui ont du mal à respirer.

Deux matinées par semaine, je me rends à « SOS enfants Congo », une association à Rennes où je rencontre Amadou, Caleb et Allégra, trois petits Congolais de huit, neuf ans qui m'ont été confiés en septembre dernier…

Avec leurs parents, ils ont fui un pays qui porte le nom de République Démocratique avec un grand « D », alors que chaque jour les droits de l'homme – pardon, les « droits humains », l'homme n'en ayant plus aux yeux de certaines – y sont quotidiennement bafoués. Ils vivent dans un immeuble délabré aux abords de la ville, aidés par des associations. Certains hommes travaillent à la voirie et leurs femmes s'occupent des enfants. Le gros, gros souci : la plupart ne parlent pas un mot de français et ils ignorent tout de nos coutumes.

C'est pourquoi je suis là. Chargée par Pierre Guillemin, notre directeur, de l'alphabétisation des trois gamins, leur apprendre à parler, lire, écrire. Une fierté pour la nulle à l'école, qui se faisait toute petite pour ne pas être montrée du doigt. L'école : le grand rêve d'Amadou, Caleb et Allégra : vite pouvoir y entrer et s'y faire plein de copains-copines.

J'ai commencé par leur montrer des images représentant des objets du quotidien : un verre, une cuillère, un crayon, un jouet en leur demandant de me dire leur nom en « lingala », la langue de leur pays. Avant de le leur apprendre en français. J'ai fait de même avec les animaux – « veaux, vaches, cochons » comme dans la fable de La Fontaine. Et là, ça a super bien marché parce que, quel que soit leur pays, les animaux ont le même cri et qu'ils s'amusaient à l'imiter dans une joyeuse pagaille.

Un peu plus tard, on a joué : aux cubes, aux Lego, aux dés et les dés m'ont permis de leur apprendre à compter jusqu'à 5. Puis, Noël approchant, nous nous y sommes préparés.

Noël se fête aussi au Congo où la religion catholique est respectée. Sauf que là-bas, il n'y a que deux saisons : celle des pluies et la saison sèche, qu'il fait presque quarante degrés le 25 décembre et que la neige y est inconnue.

Avec mes trois, nous avons échangé des chansons. De mon côté : *Petit papa Noël* et *Jingle Bell*, interprété par Crazy Frog, la grenouille dingo – qu'ils ont a-do-rée, même si on n'adore que Dieu. De leur côté : *Mbotama Ya Yé Yésu* qu'on chante en dansant la gigue, accompagné de guitare et de tambours. Pas mal non plus.

Et c'est comme ça que petit à petit, j'ai réussi à gagner leur confiance, une confiance qu'ils avaient perdue en voyant dans leur village des hommes qui ressemblaient à leurs frères massacrer leurs semblables, parfois en riant, ce qui fait que, pour eux, rire et mourir riment.

Notre directeur m'a confié que c'était Allégra qui avait supplié sa mère de l'inscrire à l'association. Sans rien dire à son père, Youssef, qui s'y serait certainement opposé. Et alors que la plupart de ses compatriotes font tout leur possible pour s'intégrer, lui s'y refuse. Sa femme est voilée et, dès sa puberté, Allégra devrait l'être aussi. Et qui sait s'il ne la renverra pas au Congo où il l'obligera à épouser un homme bien plus âgé qu'elle qui massacrera ses rêves de liberté.

Et tout ça, on dirait qu'Allégra l'a compris et que, du haut de ses huit ans, elle se prépare à se battre pour rester libre. Oui, elle veut vivre comme les autres, toutes ces filles qu'elle côtoie depuis son arrivée en France, visage, bras et jambes nus, belles, joyeuses, libres. Et si elle travaille si bien, si elle s'applique tant, c'est pour se donner les moyens de conquérir cette liberté.

– 25 –

Et voilà que ce mardi 8 mars : « Journée Internationale des Droits de la Femme » – que de majuscules ! – Allégra me saute au cou dès mon arrivée à « SOS enfants Congo ». Samedi prochain, dans trois jours, ce sera l'anniversaire de sa « moma » – « maman » en lingala, la langue de son pays. Elle voudrait lui offrir un dessin avec des fleurs, signé de son prénom, pour qu'elle puisse admirer ses progrès.

– S'il te plaît, madame, est-ce que tu peux m'aider ?

– Bien sûr ! Et quel âge aura ta maman ?

Allégra lève deux doigts de chaque main : vingt-deux ans. Elle, huit. Sa « moma » l'a donc eue à quatorze, elle n'a pas perdu de temps ! Et Pierre Guillemin, notre directeur, m'a confié qu'elle avait deux petits frères, eux restés au Congo sous la garde du grand-père.

Ravie-enchantée à l'idée de l'aider, je quitte en vitesse l'association et achète à la librairie-papeterie voisine une belle carte ornée d'un bouquet, enveloppe assortie. Il faut voir la joie de la fillette lorsqu'elle les découvre. Et ses amis ne sont pas en reste.

Je pose la carte devant eux et commence par leur décrire chaque fleur du bouquet : la rose, bien sûr, la jonquille bleue qui parle d'espoir et le myosotis, symbole d'amour-toujours. Puis Allégra se met au travail, s'appliquant de toutes ses forces. Elle commence par écrire : « Bon anniversaire, moma » sur la carte – gare aux deux *n* – avant de s'attaquer à l'enveloppe sur laquelle elle inscrit le prénom de sa mère : « Myriella », pas facile ! Le stylo a dérapé sur l'*y*, tant pis.

La carte glissée dans l'enveloppe, elle lève vers moi un regard fier et je ne peux m'empêcher de l'embrasser, même si ça n'est pas recommandé à cause de l'attachement.

Et soudain, mon erreur me saute aux yeux. Qu'ai-je fait, mon Dieu ? Qu'as-tu fait Simplette ? Tout à la joie d'offrir carte et enveloppe à Allégra et de la voir si bien les remplir, je n'ai pas imaginé une seconde qu'elles pourraient représenter un danger pour elle et pour sa mère. Samedi, lorsqu'elle les lui offrira, elle devra bien sûr le faire en cachette de son père. Et qu'en fera Myriella ? Les gardera-t-elle dans son minuscule logement au risque que son mari les découvre et, en même temps, l'association, l'apprentissage de la lecture et de l'écriture par sa fille et les amis qu'elle s'y est faits ? Et s'il les découvre, que se passera-t-il ? Se montrera-t-il violent envers elle et sa mère ? Les frappera-t-il ? À moins, pis encore, qu'il ne renvoie Allégra au Congo d'où elle ne reviendra jamais.

Je revois, dans le journal du matin, les lettres ronflantes de la « Journée Internationale de la Femme ». De beaux mots, sincèrement applaudis par tous mais si loin, si loin, d'une petite fille de huit ans qui, en célébrant l'anniversaire de sa mère, risque de se voir privée de liberté par un père radicalisé.

Et maintenant que faire ? Reprendre mon cadeau à Allégra en lui expliquant le danger qu'il lui fait courir ? Confesser mon erreur au directeur au risque de le voir me reprocher ma légèreté, mon inconscience, en intervenant dans la vie privée d'une enfant confiée à moi ? Et pourquoi pas être congédiée ?

Inquiète de mon silence, Allégra me fixe de ses beaux yeux sombres.

– Ça va pas, madame ? J'ai pas bien fait ?

Je voudrais la prendre dans mes bras, lui dire combien je l'aime et l'admire, lui demander de me pardonner.

– Mais si, ma chérie, tu as très bien fait.

Lâche, en plus ?

Tandis qu'elle met l'enveloppe dans son sac à dos, je chuchote : « Attention ! » Elle incline la tête. Il me semble qu'elle a compris.

Bien sûr, j'ai parlé à Claude d'Allégra, certaine que ma féministe saluerait son courage.

– Elle a de la chance, a-t-elle laissé tomber laconiquement.

– De la chance ?

– Elle, au moins, a toutes les raisons de se battre.

Claude, non ? Livrant une guerre truquée ? Se battant pour de la frime ?

Je m'en souviendrais.

Quand j'ai raconté à mes enfants les menaces que son père faisait peser sur Allégra, Lucas s'est mis en colère : ce Youssef, qu'attendait-on pour le mettre en prison ? Pam, elle, a insisté pour faire la connaissance d'Allégra. Et si elle la prenait comme amie ? N'avaient-elles pas le même âge ?

Quand j'ai appris à grand-tante Charlotte que je travaillais à « SOS enfants Congo », elle a crié qu'elle en avait assez de tous ces étrangers qui venaient chez nous voler le pain des Français.

Et je l'ai moins aimée.

– 26 –

Ce matin-là d'avril, Claude m'a appelée pour m'ordonner de venir chez elle, à n'importe quelle heure de l'après-midi. Et je me suis demandé ce qu'elle pouvait bien me vouloir, d'autant qu'il était rarissime qu'elle me convoque chez elle, préférant débarquer à l'improviste à la maison. Et si je n'étais pas là, aucun problème, elle m'attendait, sachant que je ne tarderais pas. C'était aussi pour ça, pour elle, que, lors de mes brèves absences, je laissais la porte ouverte. « La maison du Bon Dieu », ricanait-elle, mais je voyais bien qu'au fond ça la touchait.

Depuis sa « confession » au sujet de Benjamin, les relations entre nous s'étaient apaisées et j'ai accepté sans hésiter.

Il était 14 h 30 quand j'ai appuyé sur le bouton de l'interphone de son bel immeuble donnant sur le parc du Thabor. « Cinquième étage », a-t-elle aboyé comme si je ne le savais pas. Et, arrivant sur son palier, je l'ai trouvée devant sa porte ouverte.

Comment décrire son appartement ? « Fonctionnel » : le mot qui lui convient. Rien d'inutile, aucun de ces objets usés sur lesquels on se penche pour écouter la petite musique du passé. Aucun meuble en bois menacé par l'usure, qui craque mystérieusement quand vous le frôlez – « bonjour ! – ni d'ancienne pendule dont les battements risqueraient de la distraire. Pas de canapé profond où se laisser tomber avec un « ouf » de soulagement, la journée terminée, en envoyant baller ses chaussures sur le tapis ancien. Pas de tapis ancien.

Que du moderne, de l'inusable, de l'inaltérable, garanti à vie : tables en verre et métal chromé, sièges design en plastique épais, bibliothèque composée de cubes superposés où l'odeur des livres se perdait. Et, en guise d'éclairage, plutôt qu'un lustre à pampilles, une sorte de disque rond suspendu à un fil, qui répandait une lumière froide : rose-néon.

« Tu dates, ma pauvre », aurait déploré Claude si elle avait pu lire dans mes pensées. Ma « pauvre » ? Pourquoi pas plutôt ma « riche », solidement ancrée aux racines du passé ?

Sans prononcer un mot, elle m'a entraînée vers le bar de son salon-kitchenette, et nous nous sommes juchées sur les hauts tabourets.

– Pour toi, a-t-elle déclaré en poussant vers moi un verre de diabolo menthe, notre boisson préférée quand nous étions ados, assortie bien sûr de fines serviettes brodées.

Je l'ai remerciée et j'ai bu quelques gorgées.

– Daniel devient impossible, je ne sais plus quoi faire de lui, a-t-elle attaqué sans attendre.

J'ai réprimé un sourire : jusque-là, qu'avait fait Claude de son compagnon sinon le traiter comme un moins-que-rien ? Une « serpillière », aurait dit Lucas.

– Il n'arrête pas de me fliquer, a-t-elle poursuivi après avoir bu une nouvelle gorgée de diabolo menthe – bouche essuyée avant et après avec la serviette brodée. Pire que l'assistante sociale que le préfet ou je ne sais pas qui voulait me coller au train pour s'assurer que je traitais correctement son fils. Comme s'il n'avait rien compris.

« Son » fils… Et si, au contraire, en la « fliquant », Daniel ne montrait pas qu'il avait tout compris et décidé de ne plus la laisser abîmer Benjamin ? Qu'il en avait fini avec la faiblesse, la lâcheté ? Claude ne s'était-elle pas étonnée elle-même du changement total d'attitude de son compagnon quand il l'avait conduite « *manu militari* » à la police ? « Un fou furieux, tu ne l'aurais pas reconnu. »

– Et bien entendu, toi, tu ne dis rien, a-t-elle râlé en claquant son verre sur la table.

– Moi, je t'écoute, Claude.

– Alors, ouvre bien tes oreilles : depuis la disparition de Benjamin, monsieur fait chambre à part, il couche dans son bureau. Même si ça ne change pas grand-chose entre nous, a-t-elle ajouté avec humour.

Au début de sa liaison avec Daniel, Claude me parlait volontiers de leurs ébats : l'amour-respect, tendre, parfois passionné, si nouveau pour elle. Puis, Benjamin venu, elle s'était tue peu à peu et j'en avais conclu que la flamme s'était consumée. Comment faire l'amour à quelqu'un que l'on méprise ? Comment faire l'amour alors que l'on se sent méprisé ?

– Et pourtant, je devrais être contente, a-t-elle ironisé. Daniel s'est enfin décidé à moins travailler pour s'occuper de fiston.

– Et « fiston », il va comment ? me suis-je risquée.

Elle a dégringolé de son tabouret : « Viens voir. »

Je l'ai suivie dans le couloir où, tout au bout, se trouvait la chambre du petit, donnant sur la cour. Elle a poussé la porte.

– L'antre du père et du fils.

Ici, rien de fonctionnel : un bain de chaleur, du fouillis partout, des livres éparpillés sur le sol, des cubes, des Lego, des jeux électroniques et, aux murs, une quantité de surprenants dessins du garçon à « haut potentiel », ainsi qu'un pêle-mêle de photos le représentant. Benjamin dans les bras de son père, Benjamin faisant ses premiers pas en lui tenant les mains, pelotonné contre Lucas, jouant avec Gribouille, soufflant ses cinq bougies d'anniversaire, d'autres…

– Et moi, je suis où dans tout ça ? Tu me vois quelque part ? a demandé Claude avec un mélange de révolte et de tristesse.

Et soudain, je me souviens de la fameuse chanson de Cookie Dingler : écoutez !

« Ne la laisse pas tomber, elle est si fragile.

Être une femme libérée tu sais c'est pas si facile. »

Comment se fait-il que je n'y aie jamais pensé avant ? Une chanson qu'elle connaît forcément.

Et comme une idiote, pour la rassurer, la réconforter, afin qu'elle se sente un peu moins seule, je mens effrontément.

–Tu sais, à moi aussi, il m'arrive de me sentir seule. Et même d'avoir de gros coups de blues.

Et la « femme libérée » explose.

– 27 –

« Seule, toi ? De gros coups de blues ? Tu veux me faire pleurer, c'est ça ? Et tes enfants, la Simplette, t'en fais quoi ? Ils comptent pour du beurre ? Et tes parents gâteux-gâteaux, rien non plus de ce côté-là ? Effacés ? Sans oublier l'insupportable grand-tante Charlotte dont tu ne cesses de nous rebattre les oreilles. Et maintenant le meilleur, le super bonus, la carte maîtresse : le beau, le grand, l'unique, Thomas. T'es aveugle ou quoi ? Ne me dis pas que tu n'as rien vu, rien senti. Thomas par-ci, Thomas par-là, accourant au moindre appel, doigt sur la couture du pantalon, le parrain de Lucas, l'admirateur de la princesse Pam. Mais il t'aime, ma belle. Ça crève les yeux. Et toi, tu l'aimes aussi. Il suffit de regarder les tiens quand tu parles de lui. Mais chut, attention, surtout on n'en parle pas, pas de vagues qui pourraient ébranler ta douillette petite vie, circulez, y a rien à voir. Alors d'accord, OK, mais *please*, arrête de pleurer sur ton sort et de m'envoyer à la gueule tes foutus coups de blues, merde ! »

J'ai tourné le dos à Claude, claqué la porte, repris ma voiture et je suis rentrée à la maison, dans ma chambre, sous ma couette, ma petite vie pas si douillette que ça.

Oui, Claude, Thomas m'aimait et je le savais. C'était cette certitude qu'il ne pourrait rien arriver de mal, ni à moi, ni aux enfants, tant qu'il serait là. Ce bonheur de me sentir accompagnée, au chaud, à l'abri. Ce « bien-être », tout simplement. Et non, je n'étais pas aveugle, je faisais juste en sorte de ne rien abîmer, surtout pas de vagues afin que tout continue comme ça, c'était si bon.

Et oui, Claude, j'aimais Thomas, d'un amour calme, serein, rien à voir avec la grande marée qui m'avait emportée quand, à dix-huit ans, sortant du supermarché de Rennes, je m'étais étalée sur le sol avec mes provisions – prix réduits –, et que le prince charmant de mes rêves de petite fille m'avait relevée, enlevée sur son blanc destrier, pour m'offrir une vie d'abondance, d'insouciance, dont j'ignorais même qu'elle pût exister, et que deux beaux enfants étaient venus couronner.

Et oui, Claude, quand Thomas, le grand frère qu'Hervé aimait et admirait, affirmant en riant qu'il lui prêtait volontiers ses enfants pour le consoler de ne pas en avoir eu avec Sylvia, m'avait manifesté son soutien, qu'il m'avait épaulée, aidée à élever Lucas et Pam, défendue contre sa mère qui voulait me chasser de ma maison, j'avais éprouvé pour lui une immense reconnaissance qui s'était peu à peu transformée en amour sans que je songe un seul instant à le combattre.

Hervé était un homme de fête, de plaisir, d'insouciance, de générosité. Thomas, un homme de devoir, sérieux, parfois austère. C'était aussi un homme d'honneur qui, lors de la messe d'enterrement de son frère, n'avait pas hésité à affirmer devant tous sa solidarité envers moi et ma famille. Et c'était cet homme de devoir, d'honneur, qui se refusait à aller plus loin, à me déclarer ses sentiments, pour ne pas risquer de me perdre, nous perdre en s'affichant avec moi, nous jetant en pâture aux critiques et aux quolibets, nous livrant à la haine de Folcoche.

Sans compter les enfants.

Que dirait Lucas, toujours prêt à parler de trahison, si ce parrain qu'il vénérait s'installait sous notre toit, dans ma chambre, mon lit ? Que dirait Pam qui, la nuit, venait se réfugier dans ce lit lors de ses « coups de blues », concernant son papa ?

Alors oui, Claude, pas de vagues, chut ! Afin de conserver le plus longtemps possible cette vie calme et heureuse qui me suffisait.

Seize heures trente. Je me suis levée, j'ai passé un peu d'eau sur mon visage, un coup de peigne dans mes cheveux, défroissé mes vêtements, et je suis allée chercher mes Deux à l'école.

– 28 –

En attendant, avril est là et son cortège de promesses. Dès 7 heures, le jour pointe le bout de son nez entre les lattes de mes volets et je me sens revivre.

Ce jeudi matin, me levant, je trouve le chauffe-eau en panne. Lorsque j'ouvre les robinets de la cuisine ou de la salle de bains, de bruyants hoquets l'agitent, qui ne me disent rien qui vaille et terrorisent Gribouille.

Toilette et petit déj' expédiés, enfants conduits à l'école, j'appelle Thomas à la rescousse. Il débarque dix minutes plus tard, m'embrasse sur les deux joues puis, Gribouille sur les talons, va chercher l'escabeau et la boîte à outils dans la resserre qu'il connaît mieux que moi.

Tout en le regardant travailler, de ses belles et fortes mains, assise à la table de la cuisine

– Parloir oblige –, je lui raconte qu'avant d'épouser Hervé je n'avais encore jamais pris un bain de ma vie, une baignoire étant, bien sûr, impossible à caser dans le minuscule logement de mes parents. Un jour, Claude m'avait proposé de me baigner chez elle, dans sa salle de bains XXL, mais j'avais refusé, trop intimidée. Et, en plus, je n'avais aucune envie qu'elle me voie toute nue, étant, sur le plan de la puberté, comme sur les autres, très en retard sur elle, ni poitrine ni rien.

Mais ça, évidemment, je l'ai gardé pour moi.

J'apprends également à Thomas que, lorsque j'avais emmené mes parents à Dinard pour leur « bon-cadeau de Noël », j'avais dû les forcer à utiliser la baignoire et, même avec la mousse, les remous et tout, je n'étais pas sûre et certaine que ça leur avait plu. Toute cette eau gaspillée pour eux seuls, rien que pour se laver...

– Eh bien, tu as des parents hyper modernes, qui œuvrent pour la planète, a constaté Thomas avec gentillesse. Tu leur diras bravo de ma part.

Et un petit bonheur à la Brassens m'a emportée : il arrivait à Hervé de se moquer d'eux, oh, pas méchamment, mais ça me faisait mal quand même. Thomas, lui, jamais.

À présent, il nettoie le brûleur, cause de la panne. Et je le fais rire en lui racontant que Lucas est un fan du site « Plus sale que moi ». Un site où les bains sont bannis, la douche autorisée seulement trois fois par semaine et où il est conseillé de ne rincer qu'une fois sur deux quand on va aux toilettes. Ainsi, tu économises l'eau – grande cause du siècle – et en plus tu te soignes, des scientifiques reconnus affirmant qu'un peu de saleté est le meilleur des vaccins contre microbes, bactéries et virus.

– À propos de saleté, enchaîne Thomas gaiement, de nombreux sondages indiquent que les garçons se lavent trois fois moins souvent que les filles. Et que ça ne s'arrange nullement avec le temps.

Conclusion ? Gribouille remporte la palme du « Plus sale que moi » avec seulement un bain toutes les six semaines – prescription du véto.

Le soleil brillait quand le chauffe-eau a été réparé et nous nous sommes installés avec une limonade sur le banc du jardin. Une fois de plus, j'ai remercié Thomas de continuer à verser sur mon compte, chaque mois, le salaire d'Hervé, même s'il n'était plus là.

– Cela me donne l'immense privilège de pouvoir élever mes enfants, et de les voir grandir, me suis-je réjouie.

– « L'immense privilège », a répété Thomas d'une voix émue. Aujourd'hui les femmes parlent plutôt de celui de pouvoir travailler et laisser à d'autres le soin d'élever les petits.

Il a posé sa main sur la mienne : « Et j'en connais une qui, si elle t'entendait, te volerait dans les plumes : Sylvia. » Son ex, bien sûr : belle, brillante et qui plaisait à Édith.

N'ayant aucune envie de parler d'elle, je me suis tue.

– As-tu pensé que ce serait bientôt le week-end de Pâques, les œufs en chocolat cachés dans le jardin ? m'a demandé Thomas. Que penserais-tu d'aller les chercher ensemble ? Et ne me dis pas que les enfants sont trop grands pour y croire. Tu sais très bien que c'est aussi pour eux, pour leur propre plaisir que les parents sacrifient à la tradition.

Et à l'idée de sacrifier à la tradition avec moi, il semblait si heureux que, bien sûr, j'ai dit oui.

– 29 –

Mais, à propos, elle est où, la tradition ? Pâques, la résurrection du Christ, mardi gras, la fin du carême, la Toussaint, fête de tous les saints, l'Ascension... Tous ces beaux noms, au panier, rayés du calendrier : trop catho ! Et vive les vacances sans majuscules ; « hiver, printemps, été, automne ».

Et moi, je regrette, parce que, « catho » ou pas, ces noms portent en eux les millions de petites lumières de tous ceux qui, comme on dit des Français, « ont l'Évangile dans le sang ».

Comme promis, nous sommes allés ensemble, Thomas et moi, choisir les œufs en chocolat que les cloches – qui se foutent bien de la politique – déverseraient dans le jardin dimanche, au grand bonheur des enfants. Il est venu me chercher samedi matin à « la Buissonnière », dans sa chère « Torpédo » ; couturée de partout mais dont l'allure de sous-marin évoque des voyages princiers.

Lorsque Thomas m'a dit préférer acheter les œufs à Rennes, où il connaissait une super pâtisserie, j'ai bien compris qu'il voulait éviter d'être vu en ma compagnie dans un village où les mauvaises langues ont tôt fait de médire. Alors chut, attention !

– Et en avant pour l'aventure ! a-t-il lancé gaiement en démarrant.

Il pleuvinait et, bêtement, j'ai pensé à une punition du ciel même si la pluie faisait le bonheur de la jolie forêt près de Rennes, lorsque nous avons l'traversée.

Thomas m'a désigné un chêne, bien sûr son arbre préféré.

– Sais-tu qu'il en existe 365 espèces ?

– Trois cent soixante-cinq ? Mais comment les reconnaît-on ?

– En général à l'extrémité de leurs feuilles : le lobe. Mais même les spécialistes s'y perdent.

Il m'a appris que le plus ancien chêne de France, âgé de six cents ans, se trouvait dans l'Eure, à Vernon, en haut d'une colline, admiré de toute la vallée. Certains l'avaient surnommé « l'arbre sentinelle » : encore un beau nom et qui lui allait bien, faisant le guet, nous protégeant.

Un peu plus tard, Thomas s'est éclairci la voix.

– Ne me dis pas qu'il est trop tôt pour en parler. As-tu des projets pour les grandes vacances avec les enfants ?

L'été dernier, Hervé était encore là et il nous avait offert un mois entier en Corse, au Club Med. Des activités à faire tourner la tête, des buffets gargantuesques dont nous nous étions régalés.

– J'avoue n'y avoir pas encore pensé, ai-je répondu. Mais c'est vrai que Lucas commence à en parler.

– Alors que dirais-tu d'une équipée en Grèce ? Plus précisément en Crète, m'a proposé Thomas. Les activités y sont certainement moins nombreuses qu'au Club Med, mais les paysages sont fabuleux et on y pratique la planche à voile et le ski nautique.

Il a posé brièvement sa main sur la mienne :

– Et je pourrai enfin voir nager celle que mon petit frère avait baptisée Miss Manaudou. »

Après les milliers de leçons de natation qu'il m'avait offertes…

Mon cœur s'est dilaté : une virée en Crète, sans pour autant trahir le petit frère ?

La question est venue malgré moi.

– Thomas, si nous partons ensemble, ta mère l'apprendra forcément. As-tu pensé à sa réaction ?

Il a éclaté de rire : « Sûr qu'elle nous tuera. »

Et j'ai osé rire avec lui.
Mais nous arrivions déjà.

Une longue file s'étirait devant la fameuse pâtisserie. Le sous-marin garé, nous y avons pris place. Aucun enfant, rien que des grands-parents et des parents tout joyeux, certains prenant des mines de conspirateurs. Ils nous ont souri, pensant certainement que nous formions un couple. Et c'était comme une secrète bénédiction.

– Et pour ces messieurs-dames ? a demandé la serveuse, notre tour venu.

Nous avions calculé qu'avec Lucas et Pam, plus mes parents, plus Daniel et Benjamin qui avaient accepté l'invitation avec joie, plus Thomas et moi, nous serions dix. Thomas n'a pas lésiné, il a pris un plein panier d'œufs, poules, lapins, cloches, oursons, en chocolat blanc ou noir. Et lorsqu'il a eu terminé, sous le regard amusé des clients, il a pointé le doigt sur ma pâtisserie préférée : une tartelette au citron meringuée.

– La tartelette pour mademoiselle, à consommer sur-le-champ, a-t-il lancé.

Les joues me brûlaient encore quand j'ai croqué dedans sitôt le sous-marin démarré. Dieu qu'elle était bonne !

Dimanche, grand soleil, ouf ! À 7 heures, mes parents ont appelé pour se décommander :

la grippe. Zut ! Le chocolat étant interdit à Gribouille, je l'ai confié à une voisine. Il a dû flairer l'arnaque, car, en tendant bien l'oreille, on pouvait l'entendre me houspiller. Thomas est venu m'aider à cacher les œufs. Pas facile dans un jardin-mouchoir de poche, groseilliers à maquereau et framboisiers en ont accueilli la plupart.

Tout le monde était là quand, à midi pile, les cloches de l'église Saint-Pierre ont carillonné. Les trois enfants se sont précipités, applaudis à chaque trouvaille, la récolte exposée sur la table du déjeuner, en attendant la distribution.

Et puis Claude est apparue.

Un grand silence s'est fait et j'ai pu voir les yeux de Lucas se remplir de colère. Moi, je ne respirais plus.

« Le beau, le grand, l'unique… Thomas par-ci, Thomas par-là… » Claude était-elle venue dans l'intention de casser la fête en me confondant ?

Elle s'est approchée sans hâte de moi, paralysée. Elle a tiré de son sac un gros œuf en chocolat entouré d'un ruban mauve, ma couleur favorite.

– Pour toi, a-t-elle dit.

Et, m'embrassant, elle a murmuré « pardon », avant de disparaître aussi vite qu'elle était venue.

« Ne la laisse pas tomber, elle est si fragile. »

– 30 –

Pour en revenir aux chênes.

Autrefois, on plantait pour ses petits-enfants sans se préoccuper de la rentabilité immédiate et les chênes étaient nombreux dans les forêts, les parcs et les jardins de France, admirés de tous.

Aujourd'hui où l'on veut tout, tout de suite, et où le profit est roi, on plante des espèces d'arbres qui mettent moins de temps à pousser : peupliers, saules pleureurs, trembles, hêtres roux, bouleaux noirs, bien d'autres. Mais le véritable souci est que nos chênes suscitent la convoitise de nombreux pays, dont ceux d'Asie, et plus particulièrement de la Chine. Afin d'épargner ses propres forêts, elle vient faire son marché chez nous, achetant à prix d'or le précieux bois, perturbant le marché et privant ainsi de travail de nombreuses scieries.

Pour le moment, les Genévrier ont été épargnés. Jusqu'à quand ?

Qui aura le courage, le désintéressement, la hauteur de vue, et plantera à nouveau pour ses petits-enfants ?

En attendant, Thomas nourrit un grand rêve : participer à la rénovation de la flèche de Notre-Dame de Paris. On se souviendra toujours de l'instant terrible où, après avoir vacillé, elle s'était effondrée dans le brasier. Puis ce miracle : quelques heures plus tard, les dons affluaient, venant du monde entier. Et, dès le lendemain, on parlait de reconstruction.

Si le chêne avait été choisi – contre l'avis de certains qui lui auraient préféré un matériau moins noble – c'était en raison de sa force, sa solidité, sa longévité. Mais aussi parce que la majorité des Français y était sentimentalement attachée : Saint Louis ne rendait-il pas la justice sous un chêne ?

Le socle de la flèche s'appelle « le tabouret ». Et, rien que pour sa remise en état, deux cents chênes sont nécessaires. Et deux mille pour l'ensemble de la cathédrale. Mais que les esprits chagrins se rassurent, ces coupes ne représentent que 0,1 % de celles pratiquées en France chaque année.

La plupart des arbres choisis devant être de dimensions exceptionnelles, les entreprises spécialisées dans les mâts de bateaux, comme celle des Genévrier, avaient été sollicitées. Elles devraient également s'assurer que le bois ne présente aucun défaut. Il arrive en effet que, durant sa croissance, de vilains nœuds se forment au cœur de l'arbre, le rendant impropre à la construction. Et c'est là que Thomas se proposait d'intervenir, connaissant le problème à fond et étant parfaitement équipé pour le traiter. Il avait donc proposé sa candidature et ne doutait pas d'être convoqué un jour ou l'autre, les travaux devant durer jusqu'en 2024.

C'est adolescente que j'avais découvert les chênes. Le jour précis où le collège Antoine-de-Saint-Exupéry avait organisé une sortie-château de Versailles. Partis dès l'aube de Rennes en car, nous étions arrivés sur place à 9 heures et avions commencé par admirer les richesses du palais : la galerie des Glaces, les appartements princiers, les tableaux, tentures, boiseries. Puis nous avions visité le Trianon, domaine de la reine et, pour terminer, nous nous étions promenés dans le parc.

Et c'est là que m'attendait le « chêne de Marie-Antoinette » : un arbre somptueux, âgé de plus de trois cents ans, haut de trente-trois mètres, planté l'année de la mort du Roi-Soleil, Louis XIV. Et, sans savoir pourquoi, j'aurais voulu pouvoir me coller à son tronc, caresser son écorce, m'abriter sous son feuillage et écouter le géant me conter sa vie, la vie.

Mais il était interdit de s'en approcher.

L'année suivante, j'apprenais sa mort. La canicule avait eu raison de lui. Et l'émotion qui m'avait alors emportée rejoignait celle que j'éprouvais aujourd'hui en écoutant Thomas me parler de son amour des chênes. Comme si c'était eux qui nous avaient réunis.

Il me semble que c'est pour toutes ces raisons « biscornues », me direz-vous, que j'aime à me promener dans les forêts à l'aube, quand les fées coiffent leur longue chevelure avec un peigne d'argent.

– 31 –

On jardine avec la lune.

Début janvier, lune descendante : premières gelées, gare au froid prêt à anéantir la moindre tentative de plantation. Mai, lune ascendante où la sève est abondante, le moment de semer et planter. Sans oublier de faire du propre sur le sol envahi d'herbes folles. Herbes folles…, folle comme une herbe… reprenez-le comme une chanson en fermant les yeux. Vous voyez, vous souriez.

Et ce matin de début mai, alors que dans mon jardin – lune ascendante – je plante des « belles-de-nuit » dont le cœur mauve me réjouira tout l'été, qui se présente au portail de « la Buissonnière » ? Félicien Tissier, maire de Montreuil. Je cours lui ouvrir, lui fais la bise

– veut-il boire quelque chose ? Non merci. Nous nous installons côte à côte sur le banc, Gribouille couché sur les pieds du visiteur en signe d'amitié.

Très apprécié des Montreuillais, retraité de l'agriculture et ardent défenseur de la nature, Félicien n'hésite pas à se qualifier d'écolo-soft, pas le genre à menacer les chasseurs de leur arracher les membres ou les écorcher vifs comme le font certains « enragés ». Le genre à carabiner les dévastateurs de cultures que sont les sangliers et certains oiseaux, tels les pigeons, les corneilles et les mouettes. Pas le genre à demander pardon aux abeilles de déguster leur miel ou aux poules de se régaler de leurs œufs. Un bon vivant qui, pour autant, veille à ne pas abîmer la vie.

Et c'est avec une vraie joie qu'il m'annonce la bonne nouvelle : la construction du supermarché, non loin du village, qui donnera lieu à de nombreuses embauches, a été votée contre la promesse faite aux associations qui s'y opposaient que serait protégé un minuscule échassier – espèce en danger – nommé œudicnème criard. Associations qui ne se cachent pas de préférer le bien-être animal à celui de l'homme. Pardon : à celui de Son Altesse, la femme.

– Mais c'est pour tout autre chose que je suis là, m'a annoncé Félicien. Figure-toi que l'idée m'est venue de ressusciter une très ancienne coutume : les « concours de jardins ».

Ils avaient lieu au début du siècle dernier, m'a-t-il appris. De nombreux villages y participaient, chacun choisissant un thème qui le représenterait. L'un de leurs atouts, et non des moindres, était de créer des liens entre les habitants des diverses communes. Et bien sûr, tout se terminait par un festin.

Comme toujours en France.

– À l'époque, on ne parlait pas encore de réchauffement climatique, de la fonte des glaciers, tout ça, a poursuivi Félicien. Aujourd'hui où l'écologie passionne les foules, que dirais-tu de reprendre le flambeau et représenter Montreuil avec ton jardin ?

– Une super idée ! me suis-je enthousiasmée. Et on commence quand ?

M. le Maire a éclaté de rire.

– Ne sois pas si pressée, on n'y est pas. Pour l'instant, je n'en ai parlé qu'à Denise et à toi.

Denise, sa femme : alerte grand-mère.

– Il va falloir d'abord choisir les villages auxquels nous demanderons de concourir. J'ai pensé à Aubigné, Feins et son bel étang. Pourquoi pas Guipel qui fait la promotion du bio ? Et Saint-Médard, dont les habitants construisent eux-mêmes leurs maisons ? Sans compter Andouillers, Neuville ou Saint-Germain ? Tous à moins de six kilomètres d'ici. J'attendais d'avoir ton accord pour les contacter.

– Et tu l'as, bien sûr ! Remise du prix quand ?

– Mi-juillet, en même temps que la « fête des fleurs » de la région. Et pourquoi pas, comme président du jury, un genre Stéphane Bern ?

– Pas un genre, lui en personne !

– Dieu t'entende.

– 32 –

Nous avons encore discuté un moment. Mais je n'avais plus qu'une hâte : commencer à cogiter sur le thème qui m'avait sauté au cœur. Mon cher *Petit Prince* bien sûr ! Et dès qu'il a eu tourné le dos, j'ai foncé dans ma chambre et récupéré l'exemplaire sacré, conservé pieusement depuis le collège.

Dans notre « jardin-concours », je mettrais en priorité la rose. Celle à quatre épines pour se défendre des tigres… Et pourquoi pas un tigre en papier dans un coin ? Afin de représenter le soleil, je planterais un gros bouquet de tournesols. Je sèmerais des étoiles partout, qui feraient des clins d'œil à l'allumeur de réverbères. J'ajouterais un renard à apprivoiser, pourquoi pas un serpent ? Et bien sûr le puits dont le Petit Prince assure que, si le désert est si beau, c'est qu'il en cache un quelque part. Et pourquoi pas un mouton dans sa cage ? Oui, pourquoi pas, pourquoi pas, pourquoi pas ? J'en avais la tête qui tournait.

À 16 heures, après avoir pris les enfants à l'école, sitôt dans la « Captur » qui en avait capturé d'autres, je leur ai annoncé la grande nouvelle. Ils ont applaudi et se sont portés volontaires pour m'aider. Ce que j'ai accepté avec bonheur. Puis, sitôt à la maison, j'ai appelé Thomas à l'abri de ma chambre, souriant malgré moi. Ce jardin, n'était-ce pas grâce à lui que j'avais pu le garder ?

Il s'est montré tout aussi enthousiaste que moi : « Tu verras, ce prix nous le remporterons. »

« Nous » ?

Finalement, une affaire de famille.

– 33 –

Quelque chose me chiffonne : à peine si les enfants connaissent leurs grands-parents. Ils ne les voient que quelques jours par an, à l'occasion des fêtes et des anniversaires, fêtés à « la Buissonnière ». Et en plus, Jacques et Reine se font tout petits-minuscules, comme s'ils craignaient de leur faire honte, incapables qu'ils sont de les gâter, leur offrir de beaux cadeaux. Et, faute de résidence secondaire, de les recevoir chez eux pendant les vacances comme le font beaucoup de papys et mamies de leurs camarades de classe.

Jacques et Reine de « classe inférieure » ?

Le pire est qu'on dirait que mes Deux s'en fichent complètement, qu'ils ont tiré un trait sur leurs grands-parents, et quand j'essaie de leur en parler, leur décrire leur vie difficile, leur courage, leur dignité, Pam se détourne et Lucas hausse les épaules : « Quand on veut on peut. » Comme leur oncle Melchior et leur tante Mahaut qui, au Canada, régnaient sur des dizaines d'hectares de terrain, gagnés à la seule force de leur volonté.

Le grand rêve de Lucas : aller les voir là-bas, les connaître autrement que par les photos d'eux et de leur famille qu'ils nous envoyaient chaque année à Noël. Et je suis bien obligée de lui répondre qu'un tel voyage est trop cher, au-dessus de nos moyens.

Et voilà que ce matin, maman m'appelle : voix hésitante.

– Pardonne-moi de te déranger, ma chérie, mais si tu as un moment, ce serait bien que tu passes à la maison.

Et ce « la maison », pour les quarante mètres carrés sombres et poussiéreux de la boutique, m'a serré le cœur.

– Bien sûr, maman. Que dirais-tu de cet après-midi, vers 14 h 30 ?

– Ce sera parfait, merci. On t'attend.

Et elle a vite raccroché comme pour éviter que je ne lui pose des questions.

Je suis restée un moment immobile, déconcertée. Pourquoi cet appel, cette demande ? Je ne me souvenais pas que maman m'ait jamais réclamé de venir chez elle. Bien trop soucieuse de ne pas me déranger, discrète petite souris. Par ailleurs, sans voiture, venir à la Buissonnière représentait pour mes parents une véritable équipée.

Après mon mariage avec Hervé, je leur avais proposé de nous rejoindre à Montreuil où mon généreux mari était disposé à leur acheter une petite maison, près de la nôtre. Et pour qu'ils puissent y vivre dignement, il leur aurait versé un complément de retraite. Mais ils avaient refusé, assurant vouloir continuer à travailler dans leur quincaillerie. Fierté ? ou plutôt la crainte de me porter ombrage dans un village cossu où leur présence aurait fait tache ? Sans compter Folcoche dont, bien sûr, ils connaissaient le mépris pour notre famille.

Bref, arrivant chez eux en ce début d'après-midi, j'étais tout sauf décontractée.

Papa a suspendu l'écriteau « Fermé » à la porte de la boutique et nous nous sommes installés entre balais, produits ménagers et pots de peinture. Considérant qu'ils sont « au large » depuis le départ de leurs enfants, mes parents ont supprimé leur lit de camp et dorment à présent dans ceux, superposés, de la chambre que je partageais autrefois avec ma sœur : « papa en haut, maman en bas », comme dans la chanson.

J'ai accepté un café et un biscuit. Papa a pris seulement un café et maman rien... Et bien sûr, c'est la plus brave qui s'y est collée.

– Voilà, mon Élisa. Depuis quelque temps, on a du mal à joindre les deux bouts. Avec la facture d'électricité qui n'arrête pas de grimper, plus le gaz, plus la nourriture, la viande, les légumes, les fruits, même le pain qui augmente, ça devient vraiment difficile et un petit coup de main ne serait pas de refus.

Ça sentait la phrase préparée, les mots appris par cœur. Et, d'un coup, j'ai fondu en larmes. C'était moi qui avais honte, tellement ! de n'avoir rien vu, rien senti, douillettement installée dans ma petite vie, oui, Claude. Quand m'étais-je préoccupée de la façon dont mes parents « vivotaient » ? Un coup de fil par-ci par-là : « Tout va bien pour vous ? » Leur « Tout va bien » suffisait à me rassurer.

Alors qu'ils comptaient chaque sou, rognaient sur chaque dépense, se privaient de tout. Oui, il existe des personnes pour qui l'augmentation du pain est un problème. Certainement pas pour les enfants et moi, qui nous gavions du meilleur : brioche au petit déjeuner, légumes frais, fruits juteux. Et il m'arrivait même de jeter de la nourriture achetée en trop grande qualité. Sûr que les « pauvres » en auraient fait leurs choux gras.

J'ai pris mes parents dans mes bras et je leur ai demandé pardon. Pardon de mon aveuglement, mon égoïsme. Pardon de n'avoir pas été à la hauteur, de ne m'être pas assez occupée de vous, même si je vous aime tant. Mais c'est fini, terminé. Vous allez voir ce que vous allez voir, comment je vais me rattraper, me défoncer, me démultiplier pour vous rendre justice.

J'ai fait un virement sur leur compte en banque en me promettant de le renouveler chaque mois, qu'ils le veuillent ou non. Puis je leur ai raconté la visite de Félicien Tissier, son idée de « concours de jardins » ma participation et le thème que j'avais choisi.

– Et maintenant, je vais avoir besoin de vous.

Papa, je compte sur toi pour te procurer du carton, du beau, du meilleur, où nous découperons les figurines qui illustreront mon thème, et de la peinture, de la belle, de la meilleure, pour les colorer. Maman, toi qui couds si bien, accepteras-tu de confectionner plein de pétales de rose et autant d'étoiles, dont je parsèmerai mon jardin le moment venu. Bien sûr, il vous faudra travailler sur place. Aussi, si vous voulez bien, je viendrai vous chercher le plus souvent possible, en fin de semaine. Vous vous installerez dans la chambre aux deux fenêtres donnant sur le jardin d'où vous pourrez suivre nos progrès communs. Ça permettra aux enfants de vous connaître mieux et à moi de vous gâter un peu. C'est d'accord ? S'il vous plaît dites oui. Promis-juré ?

– 34 –

« Pardon de te déranger », a dit maman.

Pardon, pardon, pardon… On dirait qu'aujourd'hui ce mot est devenu obligatoire, et certains le prononcent à tort et à travers.

Pardon d'être un homme, pardon d'avoir des croyances, des valeurs, des buts. Pardon d'être moi.

Et encore.

Aimer la bonne bouffe, la rigolade avec les copains, le foot, le rugby, la boxe, c'est louche.

Amer son pays, aimer sa famille, son conjoint, ses enfants, c'est louche.

Aimer écouter de la musique, admirer des tableaux, lire, pourquoi pas découvrir le grec et le latin, c'est louche.

Faisons table rase du passé, déboulonnons les statues, décrochons de nos murs les tableaux de nos ancêtres, surtout s'ils furent glorieux.

Vidons les musées, brûlons les livres qui ne parlent pas d'oppression, de discrimination sociale, religieuse ou sexuelle. Cessons d'écouter Beethoven, d'admirer Gauguin, désembourgeoisons nos cerveaux.

Et ce n'est pas tout.

Interdiction de pointer la différence. On ne dit pas d'un gros qu'il est gros, mais en surcharge pondérale ; d'un aveugle qu'il est aveugle, mais « mal voyant » ; d'un sourd qu'il est sourd, mais « mal entendant ». Et l'aveugle qui voudrait bien qu'on l'aide à traverser la rue, le sourd qui apprécierait qu'on lui parle un peu plus fort, le bossu qui souhaiterait qu'on remarque sa bosse et le plaigne un peu, en sont pour leurs frais.

Et que triomphe la culture woke, le #Metoo, la littérature « purifiée », le iel, le trans, la déconstruction.

Et moi je dis, je crie : NON. Soyons fiers de nous et de ce que nous sommes. Fiers d'être nés dans un pays que beaucoup nous envient, de parler une langue connue et appréciée du monde entier, et des valeurs qu'elle porte : liberté, égalité, fraternité. Fiers d'être français.

Sans passé, pas d'avenir.

Sans amour, pas de bonheur.

Un point c'est tout, un point c'est nous.

Et tout ça, ne dirait-on pas qu'une petite fille de huit ans l'a compris. Une petite fille originaire du Congo dont je m'occupe une fois par semaine dans une association appelée SOS. SOS comme « Sauvez-moi ». En me sortant de l'illettrisme, m'apprenant à forger mon propre jugement, me permettant de m'affranchir du joug des hommes, devenir libre.

Une petite fille qui a décidé de mettre toute son énergie, toute sa passion, au service de cette liberté.

Elle s'appelle Allégra, comme « allégresse ».

Écoutez-la.

– 35 –

Ce matin, belle surprise. Daniel et Benjamin sont venus me rendre visite. Je m'activais dans la maison quand un bruit de moto, suivi par les aboiements joyeux de Gribouille, m'a interrompue. Le père et le fils, casque sous le bras, attendaient près du portail. Je les ai trouvés beaux.

Le ciel était gris tristounet, aussi nous sommes-nous installés dans le Parloir. Sans demander son avis à Benjamin, je lui ai préparé un bol de chocolat au lait, thé pour Daniel et moi, rien pour le mendiant, assis devant le buffet où trône l'œuf que Claude m'a offert pour Pâques en signe de contrition et que je ne me suis toujours pas résignée à manger. Mange-t-on un pardon ?

Daniel a posé la main sur l'épaule de son fils.

– Voilà ! Nous avons décidé de déménager. Quitter l'appartement de Claude pour nous installer plus près de Saint-Vincent-Providence, l'école où Benjamin entrera, comme tu le sais, en septembre prochain : « Section Préka ». Il tient beaucoup à pouvoir s'y rendre à pied.

La « belle surprise » s'est évaporée.

– Tu en as parlé à Claude ?

– Pas encore. J'attendais de t'avoir mise au courant.

Dehors, la pluie commençait à tomber, frappant de ses larmes aux carreaux : ma pauvre Claude ! De quelle façon prendrait-elle la nouvelle ? Pourrait-elle s'y opposer alors qu'elle n'était ni pacsée, ni mariée, de par sa propre volonté ? J'ai regardé mes visiteurs : voilà que je leur en voulais !

– Et le choc que ça va lui faire, vous y avez pensé ?

– Bien sûr ! Et on mettra tout en œuvre pour l'atténuer, a répondu Daniel. Elle verra Benjamin aussi souvent qu'elle le voudra, chez elle ou chez nous.

Chez nous…

– Et pour ton travail, ça ne te gênera pas ?

– Je ralentirai : aucun problème de ce côté-là.

J'ai bu quelques gorgées de thé, incapable de parler. Un jour, Claude m'avait annoncé que son compagnon avait enfin décidé de moins travailler pour s'occuper davantage de son fils et j'avais applaudi, soulagée. Ce matin, j'avais plutôt envie de pleurer. La vie vous envoie parfois de sacrés coups de boomerang !

– Daniel, écoute-moi. Tu ne me feras pas croire que c'est seulement pour permettre à Benjamin d'aller à pied à sa nouvelle école que tu as décidé de déménager. La vraie raison, s'il te plaît.

Et là, c'est le petit qui a répondu, un peu confus quand même.

– C'est moi qui l'ai demandé à papa. Je crois qu'on sera mieux seuls tous les deux.

Bien sûr !

Parce que, quels que soient les efforts de Claude pour peu qu'elle consente à en faire, elle resterait toujours la même : dure, coincée, incapable de montrer ses sentiments, dissimulant en elle la petite fille abandonnée par des parents totalement absorbés par leur travail. La pauvrette refoulant ses larmes dans la belle demeure pleine de domestiques indifférents au sort de « Mademoiselle ». Cette même Claude qui m'avait récemment jeté à la figure que si on s'avisait de lui retirer son fils, sa « crevette », elle l'enlèverait, l'emmènerait à l'étranger et recommencerait sa vie avec lui. Ajoutant que si elle était prise, elle comptait sur moi pour la défendre contre ses juges.

Sauf que le juge s'appelait Benjamin et que c'était lui qui demandait à être séparé de sa mère.

– Et quand avez-vous l'intention de l'avertir ? ai-je demandé aux complices sans chercher à cacher ma révolte.

– Pour le moment, je cherche un appartement, a répondu Daniel. Probablement lorsque je l'aurai trouvé.

– Peux-tu me promettre de m'avertir avant de lui parler ?

– Bien sûr.

Plus tard, regardant le père et le fils s'éloigner sur la moto, serrés l'un contre l'autre – un même corps, un même cœur ? –, j'entendais redoubler les sanglots de la petite fille abandonnée.

– 36 –

On commence à parler de la fête des Mères, le 29 mai prochain. Et cet après-midi, à peine ai-je eu poussé la porte de l'association, qu'Allégra s'est jetée sur moi. Elle avait décidé de la fêter à sa « moma » même si elle n'existe pas au Congo, remplacée par une grande nouba : la « Fiesta della famiglia », au mois d'août.

Des étoiles dans la voix, la petite m'a raconté qu'à cette occasion toute la famille se réunissait, ce qui faisait énormément de monde, car, là-bas, les femmes ont beaucoup d'enfants dans l'espoir que l'un d'eux se débrouillera mieux que les autres et qu'il réussira à accoster dans un pays riche d'où il pourra envoyer aux siens un peu d'argent pour vivre, au moins pour manger à sa faim. Et parfois ça marche.

Durant cette « Fiesta della famiglia », on se rassemble autour des tombes des ancêtres, on y dépose de menus cadeaux, palabre un moment avec les défunts, puis on se régale de moussaka, madura, manchoura, délicieux plats commençants tous par un *m* comme « moma ».

Et pour fêter la sienne le 29, Allégra avait eu une idée : lui offrir un dessin qui la représenterait une couronne d'argent sur la tête, comme celle qu'elle avait gagnée, ici même, à la Chandeleur, en trouvant la fève dans sa part de galette des Rois.

Elle a levé vers moi un regard plein de confiance.

– S'il te plaît, madame, est-ce que tu pourras me donner une enveloppe ? Une belle, comme celle pour l'anniversaire de ma moma, où j'avais mis mon dessin et marqué « Myriella » dessus.

Mon cœur s'est serré, cette enveloppe, ce dessin, je ne m'en souvenais que trop bien, ainsi que de ma peur soudaine que le père d'Allégra ne les découvre et exerce des représailles sur sa fille et sur son épouse. Mes regrets de l'avoir entraînée dans une aventure risquée et la promesse que je m'étais faite de ne plus jamais recommencer.

Je me suis assise près d'Allégra, j'ai pris ses mains dans les miennes et, sous les regards désolés de Caleb et d'Amadou, je lui ai expliqué les dangers auxquels elle s'exposait si son père découvrait son cadeau. Elle avait eu beaucoup de chance que cela ne se produise pas avec celui qu'elle lui avait offert pour son anniversaire. Cette chance ne se renouvellerait pas forcément et alors que se passerait-il ? Y avait-elle songé ? Avait-elle songé à sa rage ? La brutalité qu'il pourrait exercer sur elle ? Pourquoi pas son renvoi au Congo ?

– Allégra, ma chérie, je t'en prie, renonce à ton projet.

Tandis que je parlais, j'avais pu voir toute joie disparaître du visage de la petite. Elle m'avait retiré ses mains. Et quand j'ai eu terminé, elle m'a littéralement sauté à la gorge.

Comme si elle ne savait pas que son père considérait les femmes comme des inférieures, tout juste bonnes à servir les hommes, se soumettre à leurs désirs et avoir plein d'enfants ? Comme si elle ignorait que, dès qu'elle serait réglée, et peut-être même avant, il l'obligerait à s'enterrer sous un voile et lui interdirait de sortir seule de la maison, en attendant de la marier avec un inconnu, un vieux possédant déjà plusieurs épouses ?

– Si je souhaite pas sa fête à ma moma, ça voudra dire que je suis d'accord pour la suite, qu'au fond, j'ai accepté. Le contraire de ce que tu m'as appris.

À présent, ses larmes étaient de colère.

– Tu comprends pas, madame ? J'aime mieux mourir.

Et c'est à cause de ces derniers mots, cette détermination dans la voix d'Allégra et ma certitude qu'elle serait capable de les mettre à exécution, que j'ai fait quelque chose de totalement interdit. J'ai sorti un morceau de papier de ma poche, j'y ai inscrit mon adresse et je le lui ai donné en lui recommandant de l'apprendre par cœur et de le détruire après.

« Si un jour tu as besoin de moi, je serai là. »

– 37 –

– Ne sois pas si pressée, on n'y est pas, avait rigolé Félicien Tissier devant mon emballement pour son projet de « concours de jardins ».

Six semaines, plus que six semaines avant le grand jour, la remise des prix, patience, patience.

Une dizaine de villages se sont déclarés partants pour l'aventure, dont tous ceux que Félicien avait cités lorsqu'il était venu me parler de sa belle idée. Chacun a déposé son thème à la mairie où Denise, sa femme, gère l'organisation du concours. Hélas, Stéphane Bern a décliné son invitation à présider le jury, mais il a eu l'élégance de nous proposer le nom d'un proche, prêt à le remplacer. Il s'appelle Bertrand Cousin et n'a aucune attache dans la région, gage de son impartialité.

En attendant, mes parents et moi sommes en plein travail. Comme prévu, je vais les chercher à Rennes presque chaque fin de semaine, de préférence le vendredi, afin qu'ils partagent le repas familial et que les enfants puissent les connaître un peu mieux. C'est ainsi que nous avons tous eu une formidable surprise : Jacques Perron est un artiste.

Mais commençons par le début.

J'ai acheté à maman une super machine à coudre – dix fonctions, rembobinage automatique – qui l'a clouée d'admiration. Et du beau tissu fuchsia et doré, où elle découpe des centaines de pétales de roses et d'étoiles. Avec papa, nous sommes allés choisir dans une entreprise spécialisée du carton à la fois souple et robuste où il taille patiemment les nombreuses figurines qui illustreront mon thème. À tout seigneur tout honneur, il a commencé par le Petit Prince en tenue de gala, épée au côté. Et c'est là que nous attendait la surprise : oui, Jacques est un artiste.

Ne riez pas. L'artiste n'est-il pas celui qui sait mettre la vie dans son œuvre ? Que ce soit de la musique, de la peinture ou de la littérature ? Entre autres ? Eh bien, avec ses quatre bouts de carton, ses ciseaux, ses pinceaux et son ciboulot, mon père excelle à animer chaque personnage auquel il s'attelle. Il faut voir le Petit Prince vous fixer de son regard bleu, le renard relever le bout de son nez pointu pour vous défier, entendre le serpent siffler, bêler le mouton, j'en passe.

Et il y en a un auquel ça n'a pas échappé : Thomas. Thomas qui passe régulièrement suivre nos progrès et nous encourager. Et il ne s'est pas privé de manifester à l'artiste son estime et son admiration, d'une façon si spontanée, si sincère, qu'un autre miracle a suivi : le petit monsieur gris, effacé, en perte d'estime de lui, s'est redressé, et voilà qu'il sourit, voilà qu'il rit, au grand bonheur de Reine qui a enfin trouvé son roi, et de ses enfants, fiers de leur grand-père.

Mission accomplie.

Pour en revenir au jardin, mes Deux, peu désireux de mettre leurs jolies mains dans la terre, se contentent d'inspecter les travaux et m'encourager. Par ailleurs, Lucas ne se prive pas d'aller espionner du côté des autres participants malgré mes protestations. « Mais maman, si tu crois qu'eux, ils se gênent ? »

C'est ainsi qu'il a découvert qu'un village, dont je tairai le nom, a choisi le miel pour thème. Une petite ribambelle de ruches en activité s'égrène sur son terrain. Gageons qu'on y plantera les fleurs préférées de ces demoiselles. Si tous les concurrents font preuve d'autant d'imagination, Stéphane Bern regrettera d'avoir refusé notre offre.

Et ma Claude dans tout ça ?

Elle passe de temps en temps, s'efforce de regarder, admirer, mais je la sens ailleurs. Je me souviens de ses mots alors que je lui citais ceux, si beaux, du renard au Petit Prince : « On ne voit bien qu'avec son cœur. »

– Et comment fait-on avec un cœur brisé ?

Que dirait-elle si je lui révélais l'état du mien ?

J'ai de plus en plus de mal à tenir la promesse que je me suis faite de taire à Thomas les sentiments que je lui porte. D'autant que je vois bien qu'il les partage. Et, en même temps, j'ai honte, tellement honte ! Hervé, mon mari, l'homme que j'aimais, est parti en janvier dernier, il y a quatre mois, quatre mois seulement, et je ne pense qu'à son grand frère. Comment est-ce possible ? Quels mots pour qualifier une telle trahison ? J'ai réfléchi, réfléchi, réfléchi.

Et trouvé.

À dix-huit ans, ne connaissant rien à la vie, vierge à tous les égards, j'avais rencontré une sorte de prince charmant, beau et généreux, qui m'avait sortie de la misère, installée dans son palais, permis de vivre à ma guise, avait réalisé tous mes désirs.

Tous mes désirs ?

Je l'avais aimé d'un amour profond et sincère, de tout mon cœur, toute ma tendresse, ma reconnaissance mais sans jamais éprouver l'élan irrésistible qui me pousse vers Thomas. Thomas d'une beauté plus sombre, plus secrète. Thomas, désirable.

Hervé l'amour tendre, Thomas la passion.

Oserais-je un jour me déclarer ?

Oui, Claude, si tu savais.

– 38 –

Le dimanche 29 mai, jour de la fête des Mères, je dormottais en attendant le lever du jour, quand deux fusées ont fait irruption dans ma chambre en criant : « Bonne fête, maman » et atterrissant sur mon lit, suivies de Gribouille, le cou orné d'un ruban plein de cœurs, me gratifiant d'une avalanche de baisers mouillés et léchouilles baveuses.

Mes enfants avaient cassé leurs tirelires : Pam m'offrant un collier de perles qui brillaient comme des vraies, bracelet assorti. Lucas un kit beauté : savonnette, huile de bain, crème gommante et parfum. Le tout dans un joli sachet transparent.

– Si ça te plaît pas, t'auras qu'à me le dire et je te le changerai, a grommelé mon fils.

– Et pourquoi ça me plairait pas ? C'est exactement ce dont je rêvais, ai-je protesté, et tout le monde a ri, même Gribouille qui achevait de faire ma toilette.

Nous prenions un joyeux petit déjeuner quand Thomas a débarqué. Pam et Lucas se sont jetés sur lui. On aurait dit qu'ils l'attendaient et ça m'a rassurée pour l'avenir.

Thomas m'a offert lui aussi un parfum, nommé *J'adore*, dont j'ai vite caché la marque : Dior, pour ne pas minimiser le cadeau de Lucas. Il a accepté un café et une tartine à la framboise, puis nous sommes tous sortis faire un tour de jardin, et, alors que Thomas admirait mes plantations, je ne pouvais m'empêcher de penser à Folcoche.

Son fils lui avait-il souhaité une bonne fête ce matin ? Lui avait-il offert un cadeau ? Des fleurs ? Un objet ? Pourquoi pas un parfum ? Se doutait-elle qu'il était là ?

Depuis la mort d'Hervé, je m'efforçais de penser le moins possible à elle, ce qu'elle éprouvait, qu'elle ressentait, à son chagrin d'avoir perdu son cadet et à la haine qu'elle me portait.

Et parfois j'avais peur.

Mais voilà qu'un grand bruit nous ramène à la cuisine : Gribouille ! Profitant d'un siège imprudemment laissé près du buffet, il est grimpé dessus et a réussi à faire tomber l'œuf en chocolat de Claude qu'il est en train de dévorer. Nous voyant entrer, il pousse un gémissement plaintif: « Laissez-le-moi. »

– Vas-y, mon Gribouille, régale-toi, s'écrie Pam en se précipitant et lui faisant un rempart de son corps. Tu l'as bien mérité.

Que feriez-vous ?

Pour célébrer ce beau jour, Thomas a décidé de nous inviter à déjeuner dans un restaurant plein d'étoiles à Rennes. Lucas a proposé, après le repas, de se « faire une toile », genre *Super-héros malgré lui*, un film de science-fiction qui se donnait au cinéma Gaumont.

Banco.

J'étais en train de me faire belle dans ma chambre, quand mon portable a sonné : Claude.

– Figure-toi que je viens de découvrir que Daniel a l'intention de déménager en emmenant Benjamin, m'a-t-elle annoncé d'une voix grinçante. La lettre d'une agence immobilière que j'ai ouverte par mégarde et où il est question d'un appart' pour deux.

Je me suis figée, le souffle coupé.

– Depuis quelque temps, je sentais bien que quelque chose se tramait, les pauvres choux étant incapables de jouer la comédie, a-t-elle poursuivi sur le même ton. Comme toi d'ailleurs avec ton silence gros comme une montagne. Allons, avoue à ta chère amie que tu étais au courant.

– Oui, ai-je avoué misérablement. Mais j'avais fait promettre à Daniel de m'avertir avant de te parler.

– Et pourquoi ça ? a explosé d'un coup ma « très chère amie ». Pourquoi cette promesse ? Pour préparer le terrain ? T'assurer que tout se passera bien le jour où, que je ne péterais pas un plomb ? Que je survivrais, c'est ça ? Mais qu'est-ce que tu crois ? Que leur départ va me briser le cœur ? Me casser en mille morceaux ? M'anéantir ? Aurais-tu oublié que les abandons, je connais par cœur avec mes parents. Comme la fête des Mères qui, paraît-il, a lieu aujourd'hui. Cette fête miraculeuse – *Ave Maria* – où, gamine, j'offrais à ma mamounette un bouquet de fleurettes cueillies de mes blanches menottes en espérant décrocher une caresse, un bisou, sans savoir que l'amour ne s'achète pas, il est là ou pas, point barre. Alors *please*, arrête de t'en faire pour moi, me considérer comme une victime, une souffre-douleur, une éclopée. Que Daniel et Benjamin se barrent si ça leur chante et bon vent.

Claude a raccroché.

– C'était qui ? m'a demandé Pam la curieuse, toujours une oreille qui traîne ou un œil sur le trou de la serrure.

– C'était personne, ai-je répondu.

« Personne », Comme dans la chanson de Véronique Sanson, vous vous souvenez ?

Besoin de personne.

– 39 –

Il arrive qu'être la « pas pareille », la « Simplette » pour certains, ait des avantages. À force de se demander « pourquoi » : pourquoi un tel affront, un tel mépris, une telle violence, parfois des antennes vous poussent, qui ciblent au moindre signal : « Attention, danger ! »

Et en ce matin radieux – enfants à l'école, moi au jardin – je n'ai pas eu longtemps à attendre pour comprendre les signaux que mes antennes m'adressaient depuis un moment.

Une vieille guimbarde a stoppé près du portail, une petite fille en a jailli, qui a couru vers moi et s'est jetée dans mes bras en criant : « Vite, madame, vite, il va la tuer », pendant que la voiture disparaissait.

J'ai pris Allégra dans mes bras, je l'ai portée jusqu'à la cuisine, assise sur une chaise, obligée à boire quelques gorgées d'eau, tout en me souvenant du jour où je lui avais remis un petit morceau de papier avec mon adresse en lui promettant qu'en cas de danger elle pourrait toujours venir se réfugier chez moi.

Ce qu'elle avait fait.

– Que se passe-t-il, ma chérie, dis-moi.

Elle m'a dit.

Ce matin, son père avait découvert, caché au fond du panier à linge qu'en un geste de mauvaise humeur il avait renversé sur la tête de sa maman les dessins qu'elle lui avait offerts ainsi que l'enveloppe portant le prénom « Myriella ». Après un moment de stupeur, d'incrédulité, il avait piqué une colère noire et l'avait frappée jusqu'à ce qu'elle avoue tout : l'association où Allégra apprenait à lire et à écrire, les amis qu'elle s'y était faits, son désir de liberté. Oui, tout ! Allégra s'était enfuie avant qu'il ne s'en prenne à elle, elle avait couru chez Caleb dont le papa possédait une voiture et l'avait supplié de l'amener à la Buissonnière. Ce qu'il avait fait contre la promesse que son père n'en saurait rien.

– S'il te plaît, madame, s'il te plaît, vite !

Gribouille est un chien d'une intelligence rare, particulièrement sensible aux larmes. Tandis que j'appelais Thomas à la rescousse, il a posé la tête sur les genoux de la petite, pour lui manifester sa compréhension. Ce qui lui a valu une avalanche de caresses – sans doute le but de l'opération.

Dix minutes plus tard, Thomas était là.

Après m'avoir embrassée, il s'est penché sur la fillette.

– N'aie plus peur, je m'occupe de tout.

Comment résister à de telles paroles ? Très exactement celles qu'il m'offrait depuis la disparition d'Hervé. Il lui a tendu un mouchoir en papier qu'elle a utilisé bruyamment, puis il s'est assis près d'elle, a sorti un calepin de sa poche et lui a demandé de lui donner le nom et l'adresse de ses parents. Leur nom, je le connaissais : « Moubrack », qui sonne comme un coup de hache.

Il les a notés puis il s'est éloigné et j'ai pu l'entendre expliquer la situation à Toussaint Brisseau, le gendarme qui s'était si bien occupé de Benjamin. Il lui a parlé un bon moment avant de raccrocher et revenir vers nous.

– À l'heure qu'il est, un ami à moi, un gendarme, est en route pour chez toi, a-t-il appris à Allégra. Dans quelques minutes, ta maman n'aura plus rien à craindre. Il m'a promis de me rappeler pour me tenir au courant.

– Vite, vite, s'est contentée de répéter Allégra d'une voix haletante.

Quinze minutes plus tard – un café pour Thomas et moi, un chocolat au lait pour Allégra, rien pour le mendiant à poil long – Toussaint Brisseau débarquait à son tour.

Lui aussi s'est adressé à Allégra qui le fixait d'un regard suppliant.

C'est fait ! La police est chez toi. Ton père a été arrêté, ta maman est hors de danger.

Et cette fois, Allégra s'est jetée dans les bras du gendarme.

– 40 –

Claude aime à dire que la Buissonnière est la « maison du Bon Dieu ». Quand Nicolas Voisin, commissaire de police de la banlieue où vivaient les Moubrack, a sonné au portail, je n'ai pu m'empêcher de sourire. Il s'est présenté puis il a serré fortement la main de Toussaint Brisseau tandis que Gribouille, qui flaire la police à cent lieues, plongeait sous la table.

Je lui ai proposé une boisson. « Jamais pendant le service », a-t-il répondu, et le gendarme a discrètement repoussé son verre.

D'une voix ferme, précise, une voix de militaire, Nicolas Voisin nous a appris que Chabrack Moubrack, soupçonné de coups et blessures sur la personne de son épouse, avait été placé en garde à vue, tandis que celle-ci était dirigée vers les urgences de l'hôpital Pontchaillou, où elle était soignée pour plusieurs côtes cassées et de nombreux hématomes. Son pronostic vital n'était pas engagé.

Il s'est tourné vers Allégra qui buvait avidement chacune de ses paroles.

– Toi, la mignonne, tu peux être rassurée.

Et les larmes de « la mignonne » ont été de soulagement.

Puis le commissaire m'a entraînée plus loin. Et quand il a été certain de n'être pas entendu, il m'a signifié qu'il était hors de question de garder Allégra à mon domicile. Les services sociaux avaient été avertis – qui ne tarderaient pas à se manifester.

– Mais pourquoi ne peut-elle pas rester ici ? me suis-je indignée.

– La loi, madame.

Sur ce, il m'a saluée et il est reparti avec Brisseau, nous laissant à Thomas et à moi la lourde charge de préparer Allégra à son départ forcé de la Buissonnière.

Elle avait terminé son chocolat au lait et fixait sur moi deux grands yeux interrogateurs. Je me suis assise près d'elle et, sans hâte, je lui ai expliqué qu'une dame très très gentille allait venir la chercher pour l'emmener dans une famille, elle aussi très très gentille, où elle resterait jusqu'à ce que sa maman sorte de l'hôpital et vienne l'y chercher.

D'un geste brusque, Allégra m'a repoussée. Elle s'est levée en envoyant valser son bol et elle a couru tout au fond de la pièce, où elle s'est laissée tomber contre le mur.

– J'irai pas là-bas, a-t-elle crié. Je veux rester ici avec toi. Tu m'avais promis.

Elle a sorti de sa poche le bout de papier où, un soir de tempête, j'avais inscrit mon adresse et qu'elle s'était engagée à détruire, et l'a brandi sous mon nez.

– Regarde, madame. Ça veut dire que quand ça va pas, je peux venir chez toi et que tu me garderas, et que tu me protégeras.

Les sanglots avaient remplacé les cris, la colère, cédé au désespoir. Le cœur dévasté, je me suis accroupie devant elle et je lui ai juré que je ne l'abandonnerais jamais, que je la protégerais toujours. Dès demain, j'irai voir sa « moma » à l'hôpital et je ferais tout pour qu'elle en sorte le plus rapidement possible et la ramène chez elle.

Thomas m'avait rejointe. Il a dit à Allégra que son travail était de construire des maisons. Alors il savait combien c'était important d'avoir un toit à soi, un toit que personne ne pourrait nous prendre, un toit avec ceux que l'on aimait. C'est pourquoi, lui aussi, l'aiderait à retrouver le sien.

Vous allez me juger partiale, mais aucune voix n'est comparable à celle de Thomas lorsqu'il veut convaincre. Sans doute parce que lui-même est convaincu. Et, tandis qu'il parlait, les sanglots d'Allégra s'étaient apaisés, sa poitrine avait cessé de se soulever, ses larmes de couler. Et sans doute serions-nous parvenus à nos fins, aurait-elle accepté de vivre quelque temps dans sa famille d'accueil, si un monsieur en costume-cravate, suivi d'un chauffeur à casquette, ne s'était pas présenté autoritairement à la porte.

Le monsieur en costume-cravate s'est approché d'Allégra pétrifiée et, d'une voix à la fois gentille et autoritaire, il lui a expliqué qu'il était chargé de la conduire dans une très gentille famille qui l'attendait avec impatience. Voulait-elle bien le suivre ?

Allégra s'est mise à hurler. Bousculant les deux hommes, elle est sortie de la maison en courant. Gribouille l'a suivie en aboyant, des oiseaux se sont envolés dans un grand bruissement d'ailes, le chauffeur à casquette a rattrapé la fuyarde, il l'a prise par le bras, l'a obligée à monter dans la voiture où le monsieur en costume s'est assis près d'elle. Il nous a adressé un geste désolé de la main, la voiture a démarré sur les chapeaux de roue et c'est moi qui me suis effondrée.

Thomas m'a soutenue jusqu'au canapé du salon. Il s'est assis près de moi, il m'a prise dans ses bras, serrée contre lui et il m'a promis de tout faire pour obtenir l'adresse de la famille qui recevrait Allégra. Il prendrait régulièrement de ses nouvelles, il irait la voir. Et si je le voulais, il m'y emmènerait.

Tout en parlant, il caressait ma joue, je sentais son souffle sur mon cou, l'odeur de sa peau, et c'était si bon, si doux, si vertigineux, que je ne savais plus si j'étais heureuse ou malheureuse.

Et comme Thomas est un homme qui comprend tout, même que l'on puisse aimer tout en désirant être seule ; et qu'en plus, il a un humour fou, il est reparti sur la pointe des pieds en me souhaitant « bonne nuit », alors qu'il était midi.

Je me suis traînée jusqu'à ma chambre, mon lit, ma couette, et j'ai sombré.

– 41 –

« Un toit à soi. Un toit que personne ne pourra nous prendre, un toit avec ceux que nous aimons », avait dit Thomas à Allégra, le rêve de chacun : vivre à l'abri des murs de sa maison.

J'ai toujours su que les murs des maisons parlaient. Qu'ils nous racontaient l'histoire de ceux qui les avaient habités, des histoires comme des chansons douces, qui nous donnent envie d'y rester. Ou, au contraire, des histoires sombres qui nous en éloignent sans que nous en comprenions forcément la raison. Et les agences immobilières le savent bien, qui ont les plus grandes difficultés à trouver preneur pour celles où un drame s'est produit.

Et voilà que ce samedi après-midi – temps radieux, les enfants en « sortie pédagogique » avec leur collège –, alors que je lisais paisiblement sur le canapé du salon, c'est une photo de Claude, sur le pêle-mêle suspendu au mur en face de moi, qui m'a envoyé un signal : « Vite ! » Signal relayé par mes antennes de Simplette : mon amie avait besoin de moi.

Sans trop y croire, j'ai sorti mon portable et formé son numéro : sur répondeur. Je lui ai demandé de me rappeler dès qu'elle aurait eu mon message, et j'ai repris tranquillement ma lecture : un polard de Fred Vargas, j'adore.

Tranquillement ? Tout juste si Claude ne descendait pas du pêle-mêle pour me tirer par les cheveux : « Viens vite, je t'en supplie. »

Furieuse contre moi, j'ai arrêté ma lecture, enfilé mon blouson, quitté la maison et sauté dans ma Captur. Une seule certitude : si Claude était chez elle, je me prendrais l'engueulade de ma vie. À moins que ce ne soit un foudroyant éclat de rire : Simplette un jour, Simplette toujours.

Tout en roulant vers Rennes, je me souvenais de son appel le matin de la fête des Mères, alors qu'elle venait de découvrir l'intention de Daniel de déménager en emmenant Benjamin avec lui. Que m'avait-elle dit exactement, en riant bien sûr ? « Les abandons, je connais par cœur avec mes parents. » Un appel à l'aide que j'avais échoué à entendre, bien trop occupée à démêler mes propres sentiments, alors que j'étais sa seule amie, son seul recours.

Week-end oblige, il y avait foule dans le parc du Thabor où on entendait de la musique au théâtre de Verdure où Claude aimait à me donner rendez-vous.

Voiture garée, parvenue à son immeuble chic, je me suis aperçue que dans ma hâte de venir la sauver – ah ah ! – j'avais oublié de prendre les clés de son appartement qu'elle m'avait confiées au cas où.

Au cas où quoi ?

J'ai formé le code inscrit sur mon portable et je suis entrée. C'était allumé dans la loge, ouf ! Mais il m'a fallu frapper plusieurs fois avant que le gardien ne daigne m'ouvrir.

– Samedi, jour férié, a-t-il aboyé.

– Je crains que mon amie, madame de Bucy, n'ait besoin d'aide. Pouvez-vous me confier les clés de son appartement, s'il vous plaît ?

– Interdiction de les confier. À *personne*, qu'il m'a dit.

– Vous préférez peut-être que j'appelle les pompiers ?

L'argument a porté, mais le mauvais coucheur a exigé de m'accompagner. Ce qui m'arrangeait plutôt.

Mais évidemment – un pas en avant, un pas en arrière –, une fois dans l'ascenseur, Simplette se demandait ce qui lui avait pris d'écouter un SOS lancé par une photo sur un pêle-mêle. Et j'ai bien failli faire demi-tour.

Claude n'était pas dans son salon-bar-kitchenette, impeccablement rangé. Elle n'était pas non plus dans sa chambre, ni dans sa luxueuse salle de bains. Elle était tout au bout du couloir, dans la chambre de Benjamin, étendue sur le lit étroit, vêtue d'une robe élégante, son collier de pierres de lune autour du cou.

Je me suis penchée sur elle et je l'ai appelée tout bas : « Claude… Claude… » Bien sûr, elle n'a pas répondu. Courageusement, le gardien avait disparu.

À l'étage supérieur, quelqu'un jouait du piano. C'était joli, comme une berceuse. Cela vous déchirait le cœur.

Sur la table de nuit, j'ai remarqué une bouteille d'eau à demi pleine. Instinctivement, j'ai regardé sous le lit et j'y ai trouvé un tube de médicaments qui y avait roulé : des barbituriques.

J'ai formé le numéro des pompiers. Un homme m'a répondu. Je lui ai dit que mon amie avait tenté de se suicider, j'étais chez elle et je venais de trouver sous son lit un tube de barbituriques, vide.

Il m'a d'abord remerciée d'avoir appelé le 18. Et il m'a demandé mon nom ainsi que celui de mon amie et sa date de naissance. Puis :

« Pouvez-vous me lire ce qui est inscrit sur le tube s'il vous plaît ? »

Il parlait très calmement, très distinctement, pour bien se faire comprendre. Je lui ai lu le nom du barbiturique ainsi que son dosage.

Et lui, avec douceur : « Entendez-vous votre amie respirer ? »

– Un tout petit peu.

– C'est bien.

Pour finir, je lui ai donné l'adresse, le code, l'étage.

– N'ayez pas peur, madame, nous arrivons tout de suite.

Et il a raccroché.

Je n'avais pas peur, je ne tremblais pas. Une seule urgence : sauver mon amie, ma sœur.

J'ai remis un peu d'ordre dans les jouets éparpillés partout, j'ai posé mes lèvres sur le front de Claude : « Je reviens », j'ai quitté la pièce, puis je suis allée ouvrir grand la porte d'entrée et j'ai attendu les soldats du feu.

– 42 –

Ils sont arrivés en même temps que le samu – service médical d'urgence. Deux pompiers : un homme d'une trentaine d'années, accompagné d'une petite femme costaude portant un brancard, et un médecin grisonnant, assisté d'une jeune infirmière…

Et en quelques minutes, la chambrette de Benjamin a été saturée d'uniformes. J'avais bien fait de ranger les jouets.

Tandis que les pompiers se penchaient sur Claude, j'ai remis au médecin du samu le tube de médicaments qu'il a examiné soigneusement avant de le tendre à l'infirmière qui l'a glissé dans un sachet. Malgré le nombre de personnes présentes, un silence épais régnait. Un silence de mort ? Je n'ai pu retenir mon cri :

– Est-ce qu'elle va mourir ?

– Tout sera fait pour la sauver, m'a répondu le pompier.

À présent, ils tournaient Claude sur le côté avec précaution : « Pour qu'elle ne s'étouffe pas au cas où elle vomirait », m'a soufflé l'infirmière…

Puis le médecin grisonnant m'a interrogée : « connaissais-je bien la victime ? » Et j'ai répondu « oui ». Selon moi, son geste était-il prévisible ? J'ai répondu « non ». Sa famille avait-elle été avertie ? Non, également.

– Pourrez-vous vous en charger ?

– Bien sûr.

Les pompiers avaient étendu Claude sur le brancard.

– Voulez-vous venir avec nous à l'hôpital ? m'ont-ils proposé. Cela permettra d'établir le dossier.

– Quel hôpital ?

– Les urgences de Pontchaillou.

Je les ai remerciés de leur proposition mais j'ai d'abord deux ou trois choses importantes à faire ici. Je m'y rendrais dès que j'aurais fini, promis.

Ils m'ont saluée et ils ont fait demi-tour, Claude sur le brancard. Je les ai suivis jusqu'à la porte. Ils s'engageaient déjà dans l'escalier et, je ne sais pourquoi, l'idée de ne jamais les revoir m'a fendu le cœur.

Deux ou trois choses importantes à faire ?

Je suis d'abord retournée dans la chambre de Benjamin. J'ai défait le lit, emporté housse de couette, drap et taie d'oreiller dans la buanderie et je les ai mis dans la machine. Lessive, adoucissant, température et essorage et maximum. Pour effacer les traces du malheur ?

La machine partie, je suis allée dans la chambre de Claude en lui demandant pardon de violer son intimité. Son sac était sur sa commode et, dans son sac, ce que j'étais venue y chercher, ses cartes. Carte d'identité, carte Vitale, carte de mutuelle, et je les ai glissées dans mon propre sac.

Après, j'ai bu un grand verre d'eau dans le salon-bar-kitchenette dont elle était si fière et où, tant de fois, nous avions trinqué à tout et à n'importe quoi : à nous, à notre amitié, à la fête, aux enfants, aux hommes, à l'absence des hommes, à la liberté, aux soucis, grands et petits, la vie en somme.

Alors que je quittais l'appartement, refermant la porte à double tour, un cri a retenti : « Attendez. » Et un tout jeune homme – quinze, seize ans – venant de l'étage supérieur, a atterri près de moi. Buisson de boucles brunes, yeux de même couleur et lèvres gonflées de bébé boudeur.

– Il est arrivé quelque chose à Mme de Bucy ? m'a-t-il demandé d'une voix inquiète. J'ai entendu les sirènes des pompiers.

– Un peu trop de médicaments, mais ça va. Et elle est entre de bonnes mains, l'ai-je rassuré.

Le garçon a eu un gros soupir.

– C'est qu'elle disait souvent qu'elle aimait m'entendre jouer du piano, que cela lui faisait du bien, que la musique la rassurait, surtout Bach, m'a-t-il expliqué.

Claude rassurée par la musique ? La musique lui faisant du bien : Bach ? La « grande », comme l'appellent certains. Jamais elle ne m'en avait parlé. Tout ce que je savais, c'est qu'elle aimait me donner rendez-vous au théâtre de Verdure, dans le parc du Thabor, où un groupe de jeunes musiciens interprétaient des œuvres classiques.

– Est-ce que vous pourrez me donner de ses nouvelles ? a repris le garçon. Je n'ai pas son numéro de téléphone ni rien.

J'ai sorti un carnet de mon sac, j'en ai arraché une page, j'y ai inscrit mon nom, mon numéro de portable et je la lui ai tendue.

– Oh merci !

Et il a disparu aussi vite qu'il était venu.

Lorsque, descendant l'escalier, j'ai entendu à nouveau quelques notes de piano, j'ai su qu'il jouait pour moi.

J'ai rendu les clés au gardien sans répondre à ses questions : samedi, jour férié.

– 43 –

Quinze heures trente, une heure seulement depuis le SOS de Claude sur le pêle-mêle du salon. Était-ce possible ? Tant d'événements s'étaient déroulés depuis, tant de questions s'étaient posées, tant d'incertitude étalée au grand jour ! Une heure « pleine de bruit et de fureur », écrite par une femme à bout de forces que je n'avais pas su entendre.

« Tout sera fait pour la sauver », avait affirmé le pompier. Tandis que je roulais vers Pontchaillou, je me répétais ces mots en boucle pour tenter de chasser les papillons noirs du remords et de la peur, qui tourbillonnaient dans ma tête, asséchant ma bouche, m'empêchant de respirer.

Seule « oasis », un instant de grâce passé avec un pianiste auquel j'avais oublié de demander son nom.

Cet hôpital je le connaissais par cœur, mon Hervé y ayant fait de nombreux séjours après la découverte de son cancer. Comment s'entendait-il avec Claude ? Son naturel bienveillant jouait à fond et jamais il ne se serait permis de la critiquer.

– Quelle chance elle a de t'avoir, avait-il remarqué un jour, je me demande ce qu'elle aurait fait sans toi.

– Elle s'en serait trouvé une autre.

– Détrompe-toi. Il n'y a qu'une seule Élisa.

– Une seule Simplette ?

Et nous de rire.

Ma Captur garée non sans mal, je me suis rendue aux urgences où une femme très aimable – Henriette Roseau d'après son badge – m'a reçue à l'accueil. Oui, Mme de Bucy avait bien été hospitalisée dans son service trente minutes plus tôt et les pompiers l'avaient avertie de mon passage.

Elle m'a remis un long formulaire à remplir et m'a désigné une table plus loin.

– Vous pouvez vous installer là. Et n'hésitez pas à revenir vers moi en cas de souci.

Je l'ai remerciée, pleine de reconnaissance, et je suis allée m'asseoir à la table. Oui, merci madame Roseau. Et merci aussi aux pompiers, au samu, à tous ceux qui, depuis mon insupportable découverte, m'avaient aidée à tenir bon, avec tant de chaleur et d'efficacité. En quelque sorte, vous m'avez sauvée moi aussi.

Nom, prénoms, date et lieu de naissance, profession. Mariée ? Divorcée ? Des enfants ? La liste était longue, pleine de points d'interrogation, de cases à remplir, de réponses à fournir. Parvenue à la question : « Nom de la personne à avertir en cas d'accident », mon cœur s'est serré et j'ai abandonné mon stylo.

Qui ?

Les parents de Claude ? Je n'avais pas leurs coordonnées et de toute façon, je savais qu'elle se serait opposée à ce que je les appelle. Daniel ? Mais n'était-il pas la cause de sa présence ici ? avec sa décision de déménager en emmenant Benjamin avec lui ? Bien sûr, le petit était d'accord, j'en avais été le témoin. Mais à huit ans, si intelligent que l'on soit, est-on capable de juger de la portée de ses actes ?

Et au travail de Claude, à son cabinet de conseil, un nom à inscrire ? Quelqu'un à avertir ? Je n'y connaissais personne : domaine privé. Alors oui, moi, rien que moi.

La mort dans l'âme, j'ai inscrit sur le questionnaire mon nom, mon prénom et mon numéro de téléphone.

Le triste pensum terminé, je l'ai rendu à la femme de l'accueil qui m'a demandé d'y joindre, si possible, la carte Vitale et celle de mutuelle de mon amie, si elle en avait une. Et, les lui remettant, j'éprouvais une fierté incompréhensible ; celle d'avoir fouillé dans le sac de Claude ? À moins que ce ne soit le « votre amie » de mon interlocutrice. Oui, j'aurais fait tout mon possible pour l'aider.

Elle m'a indiqué l'endroit où attendre de ses nouvelles : « Il va falloir vous armer de patience », m'a-t-elle dit pour finir. « Bon courage. »

Dans sa voix, comme dans celle du médecin grisonnant prononçant les mêmes paroles, une véritable chaleur. Et, m'éloignant, je songeais qu'à sa place tant d'autres, voyant passer « toute la misère du monde », auraient été blasés, alors qu'elle avait gardé son empathie. Oui, merci Henriette.

C'était une petite salle anonyme aux murs laqués de blanc qui se taisaient obstinément. Deux personnes s'y trouvaient déjà : un monsieur aux cheveux gris près duquel je me suis assise et une jeune femme qui pianotait fébrilement sur son ordinateur.

J'avais envie de parler à mon voisin, lui demander de qui il attendait des nouvelles : de sa femme ? Un parent ? Un camarade ? Je lui aurais dit que moi, c'était de ma meilleure amie et que j'en avais lourd, si lourd sur le cœur. Mais il ne semblait pas disposé à parler alors je me suis tue.

Et si j'appelais Thomas ? Bien sûr, il accourrait, prendrait les choses en main, me libérerait de tout souci.

Non !

C'était à moi, et à moi seule, de m'occuper de Claude. Pour me racheter de mon aveuglement, de n'avoir pas compris à quel point elle tenait à Benjamin, m'être laissé avoir par cette fausse légèreté que, pourtant, je connaissais si bien.

Pour n'avoir pas joué mon rôle d'amie de cœur.

J'ai fermé les yeux et pensé au soleil, à mon jardin, mes enfants et leur « journée pédagogique ». Je les ai vus courir dans la campagne avec leurs amis, caresser les animaux. Je les ai entendus rire. Je crois que je me suis endormie.

– 44 –

– Madame Perron ?

Un tout jeune homme, que j'ai d'abord pris pour un infirmier, se tenait devant moi. Il s'est présenté : le docteur Antoine Dauven. Et il m'a priée de le suivre dans son bureau.

C'était une petite pièce sommairement meublée avec, sur une étagère, une rangée de livres – des romans ? – qui apportaient une note de chaleur à l'atmosphère, qui changeaient tout.

Il m'a désigné un siège sur lequel je me suis assise. Ma bouche était comme du carton, j'avais du mal à avaler ma salive. Quand avais-je bu pour la dernière fois ? Ah oui, chez Claude, « ma » Claude.

Comme s'il lisait dans mes pensées, le docteur Dauven a rempli un gobelet d'eau à la bonbonne et me l'a tendu.

– Buvez, madame, a-t-il ordonné.

Il y a des moments où les ordres font du bien, et j'ai vidé le gobelet d'un trait.

Le médecin a pris place sur un siège en face de moi. Il m'a souri.

– Sachez d'abord que votre amie est hors de danger.

J'ai fermé les yeux : ces paroles, comme je les avais espérées.

– Et permettez-moi de vous remercier, a-t-il poursuivi, si vous n'aviez pas remis au samu le tube du médicament absorbé par votre amie, sans doute ne serait-elle plus là. Oui, sans vous…

Il parlait de lavage d'estomac, de sortie du coma, de soins intensifs, mais je ne l'entendais plus, assommée par les deux petits mots qu'il venait de prononcer : « sans vous »…

Sans moi, Claude serait morte, c'est ça ? Sans moi, elle serait partie pour de bon, pour toujours ? Jamais plus je n'aurais entendu son rire grinçant, pathétique parfois. Nous n'aurions plus jamais écouté ensemble la musique du théâtre de Verdure, plus jamais nous n'aurions trinqué à notre santé et à celle du monde dans son salon-bar-kitchenette.

Et plutôt que d'en éprouver de la fierté, pourquoi pas de l'orgueil, ce « sans vous » m'écrasait. Trop-plein de responsabilité, d'interrogations, et de tous ces « si » qui savent si bien vous empoisonner la vie. Si j'avais ignoré le SOS de Claude. Si j'avais attendu une heure de plus pour me rendre chez elle… deux ? Et si, et si, et si, et si.

– Puis-je vous poser une question ? m'a demandé le docteur Dauven.

– Si vous voulez.

– Avez-vous une idée de la raison pour laquelle votre amie a voulu attenter à ses jours ?

Il avait parlé d'une voix douce, précautionneuse. J'ai hésité : tant de raisons que je n'avais pas su voir.

– Sans doute la séparation d'avec son fils, Benjamin, huit ans seulement. Peut-être un sentiment de solitude, dû à une enfance difficile entre deux parents trop souvent absents….

– …Et qui sait si elle n'en avait pas assez de jouer à la femme forte, ai-je ajouté.

Ces derniers mots m'étaient venus comme malgré moi. Claude, fragile, j'avais toujours eu du mal à l'accepter. Durant quelques secondes, les paroles de la chanson ont tourné dans ma tête ; « Ne la laisse pas tomber, elle est si fragile »…

Au présent.

– Il nous arrive de nous cacher, à nous-même et aux autres, qui nous sommes vraiment. Nous privant ainsi de nous accepter nous-même, parfois de nous aimer, a constaté le docteur Dauven.

Nous accepter... nous aimer... Il m'a semblé que ces mots s'adressaient à moi. Moi, la Simplette, incertaine, toujours à la recherche d'amour. Et soudain : le désir brûlant de me confier à cet homme, ce médecin qui savait si bien « sonder les cœurs et les reins ». Oui, lui dire mes hésitations, mon manque de confiance en moi, ma lâcheté parfois. Pourquoi pas lui parler de Thomas ?

Mais c'était déjà trop tard. J'avais laissé passer cet instant, cette poignée de secondes où la vie nous offre parfois de vider le fond de notre âme.

Le docteur Dauven m'expliquait que Claude resterait un certain temps à l'hôpital, le temps de récupérer ses forces, d'être apte à rentrer chez elle, se prendre en charge. Et qu'alors il faudrait beaucoup s'occuper d'elle, l'entourer, ne jamais oublier son geste de désespoir.

– Et, si possible, la convaincre de s'adresser à un psy.

Claude, un psy ? Il voulait rire, jamais elle n'accepterait.

– J'ai bien dit « si possible », a spécifié le médecin, lisant une fois de plus dans mes pensées.

Il m'a souri : « Mais, de toute façon, je sais pouvoir compter sur vous pour agir au mieux. Même si je me doute que ce ne sera pas facile. »

Dans son regard, de la commisération, un mot plus guère employé aujourd'hui, remplacé par la « pitié », un sentiment passager, sans force véritable alors que la commisération va plus loin, qu'elle permet à ceux auxquels elle s'adresse de se sentir moins seuls, épaulés, accompagnés.

« Arrête avec tes grands mots », aurait ricané Claude.

Quittant Pontchaillou, je me suis souvenue qu'une autre personne de ma connaissance s'y trouvait : la « moma » d'Allégra.

– 45 –

Je montais dans ma voiture, pressée de rentrer à « la Buissonnière », quand mon portable a sonné : numéro inconnu. Après une brève hésitation, j'ai décroché.

C'était une certaine Barbara Fischer, s'est-elle présentée, une collègue de travail de Claude. Elle s'inquiétait. Claude devait la rejoindre chez elle à 15 heures et elle n'était toujours pas là.

– En plus, impossible de la joindre sur son téléphone, s'est-elle désolée. Elle m'a beaucoup parlé de vous, j'ai pensé que vous étiez peut-être ensemble.

On n'annonce pas les mauvaises nouvelles par téléphone. Pourquoi pas par SMS ? J'ai proposé à mon interlocutrice de la rencontrer où elle voudrait. J'étais à Rennes, motorisée.

– Alors chez moi, si ça ne vous dérange pas ?

– Mais pas du tout.

Elle m'a donné son adresse, dans le centre-ville. Et elle a raccroché. J'ai démarré.

Une collègue de travail de Claude ? Il était rare qu'elle me parle du cabinet de conseil qu'elle avait ouvert sitôt ses études de comptabilité et de droit terminées. Tout ce que j'en savais, c'est qu'elle avait de nombreux clients fortunés, et gagnait plein de sous. Elle m'avait d'ailleurs proposé à plusieurs reprises de m'aider si nécessaire. Ce que j'avais toujours refusé : fierté de famille.

Mais j'arrivais déjà.

C'était un immeuble coquet, gardé par un magnifique houppier aux feuilles de toute la gamme des verts. Une belle et forte femme dans la cinquantaine : chignon blond, yeux bleus, vêtue d'un élégant tailleur-pantalon, mocassins à pompons, m'attendait devant la porte d'entrée grande ouverte.

– Vous êtes Élisa, bien sûr, m'a-t-elle lancé. J'habite au rez-de-chaussée, je vous ai vue garer votre voiture, alors me voilà.

Nous nous sommes serré la main et elle m'a précédée dans un vaste living à moquette épaisse, rideaux fleuris, canapé confortable, meubles anciens, qui respirait le confort. Sur la cheminée, une pendule à battants dorés scandait le temps.

– Je vous en prie, asseyez-vous.

J'ai pris place dans la bergère qu'elle me désignait. Elle m'a souri.

– Puis-je vous offrir quelque chose à boire ? Un café, un thé, un jus de fruit ?

– Volontiers, un café.

La fatigue commençait à se faire sentir. Le visage blême de Claude me hantait. Et aussi ce « sans vous » trop lourd du docteur Dauven. Je me suis efforcée de me concentrer sur la façon dont cette femme inconnue de moi, cette Barbara, m'avait accueillie. Son affirmation : « Vous êtes Élisa, bien sûr. » Et une irritation mêlée d'angoisse m'a brusquement saisie. De quel droit m'avait-elle appelée par mon prénom ? Mais surtout, comment se faisait-il que Claude ne m'ait jamais parlé d'elle ?

Elle revenait déjà, avec, sur un plateau, une tasse de café – une seule – en porcelaine fine, sucrier assorti.

Elle l'a posé devant moi sur la table basse, puis elle s'est assise dans la bergère près de la mienne.

– Si vous êtes ici, Élisa, c'est qu'il est arrivé quelque chose à Claude. S'il vous plaît, dites-moi : ai-je des raisons de m'inquiéter ?

Elle avait parlé d'une voix altérée et j'ai commencé par lui dire que Claude était OK. Mais en effet, quelque chose lui était arrivé. Et, sans entrer dans les détails, je lui ai raconté mon pressentiment en début d'après-midi, ma décision de me rendre chez elle, l'état dans lequel je l'avais trouvée, le tube de barbituriques, les pompiers, le samu et les urgences de Pontchaillou.

Tout au long de mon récit, j'avais pu voir le visage de ladite Barbara se décomposer, ses traits s'affaisser : *exit*, la forte femme.

– Et maintenant ? m'a-t-elle demandé d'une voix tremblante.

– Maintenant, Claude devrait rester un certain temps à l'hôpital. Jusqu'à ce qu'elle soit en mesure de rentrer chez elle, se prendre en main. Son médecin m'a recommandé de rester vigilante, l'entourer, surtout ne pas oublier son geste.

– C'est ma faute ! s'est soudain écriée mon interlocutrice. « Vigilante », je ne l'ai pas été assez. Pourtant, je voyais bien que quelque chose clochait, ses brusques silences, ses sautes d'humeur, son air tourmenté... Et je n'ai rien dit, j'ai fait comme si je ne remarquais rien... Mais vous connaissez Claude, Élisa : elle déteste qu'on se mêle de ses affaires, alors je me suis tue de peur de me faire jeter.

« Vous connaissez Claude, Élisa » ?

Et elle, depuis combien de temps ? Elle en avait parlé comme d'une amie très chère, très proche, alors que Claude m'avait tu son existence, que j'ignorais tout d'elle.

Elle a poussé un gros soupir.

– Bien sûr, c'est à cause de Daniel et de Benjamin ! Daniel qui s'apprête à déménager, la privant de son fils. Ce fils qu'elle ne peut s'empêcher d'aimer même si elle fait tout pour le cacher…

– 46 –

Daniel... Benjamin... Une tornade m'a emportée, Barbara Fischer les connaissait donc ? Elle était au courant des liens qui avaient brièvement uni Claude et Daniel ? De l'existence d'un fils ? Du drame que représentait pour Claude leur séparation prochaine ?

Et de quoi encore ?

En me taisant l'existence de cette femme et son importance pour elle, alors que j'étais sûre qu'elle me disait tout, Claude mettait en cause l'essence même de notre amitié, faite de confiance totale, de loyauté, de transparence – ce joli mot de cristal.

– Et depuis combien de temps vous connaissez-vous ? me suis-je entendue demander d'une voix que je m'efforçais de contrôler.

– Depuis le jour où Claude m'a embauchée dans son cabinet de conseil – je m'ennuyais dans la banque où je travaillais, on lui avait parlé de moi.

Une sorte de gloussement satisfait lui a échappé : « Et bien sûr, nous avons tout de suite compris. »

– Comment ça ?

Là, je n'avais pu retenir l'agressivité dans ma voix. Mais la façon dont elle avait prononcé ces mots, cette joie, cette… ferveur…

Barbara Fischer a pincé les lèvres. Comme si elle avait compris qu'elle était allée trop loin.

– Eh bien, nous avons compris que nous étions faites pour nous entendre, travailler en harmonie, sur une même ligne.

Soudain, l'envie de quitter cette maison m'a saisie : partir, fuir. Surtout ne pas entendre ce qui allait suivre et qui, je le pressentais, risquait de m'emporter.

L'obligation d'en apprendre plus m'a condamnée à rester.

– Et pourquoi Claude ne m'a-t-elle pas parlé de vous ?

– Sans doute, la peur de vous choquer. Peut-être celle de vous perdre. Ce qu'elle n'aurait pas supporté.

Me choquer ? Me perdre ? Mais pour quelle raison ? Quelle était la nature des sentiments qui liaient Claude à Barbara ?

La pendule a sonné six coups : 18 heures. Tournée vers elle, Barbara Fischer la fixait avec impatience, comme si elle avait hâte d'en avoir terminé.

J'ai rassemblé tout mon courage.

– Je ne comprends rien à ce que vous me racontez. S'il vous plaît, parlez-moi franchement.

Un soulagement s'est dessiné sur ses traits…

– Merci Élisa. Qui a dit que « le mensonge tuait la vérité » ? Sachez seulement que ce que je vais vous confier ne vous enlève rien. Vous êtes et serez toujours la première pour Claude.

Elle a retenu sa respiration comme pour prendre son élan. Puis :

– Claude est ma maîtresse. Nous nous aimons.

De toutes mes forces, j'ai retenu mon cri, j'ai serré mes poings, j'ai fermé mes yeux et je suis partie loin, très loin de cette femme, dans une autre vie où tout aurait continué comme avant.

Elle parlait toujours. Elle disait que si l'une d'entre nous devait être jalouse, ce serait elle, avec Claude rien qu'une année, alors que pour nous elles devaient se compter en dizaines. Combien ? Dix ? Vingt ? Davantage ?

Et moi, je regardais cette jolie pièce, ces rideaux fleuris, cette commode ancienne, cette pendule, et je me demandais combien de fois durant cette année Claude était venue ici. Combien de fois elle avait posé son sac sur cette commode, s'était assise sur cette bergère, avait lu l'heure sur cette pendule ?

Et où faisaient-elles l'amour ? Ici ? Sur ce canapé ? Pourquoi pas sur cette moquette épaisse ? À moins que ce ne soit dans le lit de Barbara, dans sa chambre, derrière cette porte où il me semblait entendre gémir.

Et comment deux femmes font-elles l'amour ? En s'embrassant partout, « là » aussi ? En se pénétrant ? Mais de quelle façon, par quel moyen ? Je ne m'étais jamais posé la question : inintéressant, pas mon truc.

Barbara m'a souri à nouveau.

– Une dernière chose, Élisa. Quand notre Claude se réveillera, parce qu'elle se réveillera, vous verrez, je suis sûre qu'elle sera soulagée que je vous aie parlé. Cette cachotterie la plombait, elle me le disait souvent.

Une « cachotterie », c'est tout ? Et la façon dont elle avait dit « notre Claude », avec cette fougue, cette complicité, m'a achevée. N'avait-elle donc rien vu de ma détresse, mon désespoir ? Avais-je trop bien joué la comédie ?

– Et maintenant, si vous voulez bien, je file à l'hôpital. Et croyez-moi, celui qui m'empêchera de voir Claude n'est pas né. Voulez-vous venir avec moi ?

Je secouais la tête : « non ». Elle se levait, attrapant sa veste, son sac. Nous nous serrions la main. À l'aide d'un boîtier, elle faisait basculer le battant d'un garage, je marchais vers ma voiture. Tiens, je n'avais pas touché à mon café, dans la jolie tasse en porcelaine. Il est vrai que je n'éprouvais plus aucune fatigue, seulement une sale petite envie de mourir.

– 47 –

Les enfants étaient à la Buissonnière quand je suis rentrée. Tout heureux de leur « journée pédagogique », ils se sont précipités sur moi afin de me la raconter, films et photos pris par leurs portables à l'appui.

La ferme, immense, était chauffée par les vaches, m'a expliqué Pam. Bien sûr l'odeur était partout, mais bon… Quelques-uns de leurs camarades s'étaient essayés à la traite, pas Lucas : « Trop dégueu », a-t-il décrété. Ces pis mouillés et caoutchouteux, ce liquide jaunâtre. D'ailleurs il n'était pas certain de continuer à en boire.

Pam, elle, avait beaucoup aimé jouer avec les porcs, propres comme des sous neufs. L'animal le plus intelligent, le seul avec le singe à se reconnaître dans une glace, m'a-t-elle appris.

Après le pique-nique, pris avec les fermiers dans la grande salle du bâtiment, ils avaient visité les trois hectares de terrain qui l'entouraient. Les plus chanceux – dont eux – à dos d'âne. Puis, tour des arbres fruitiers, cueillette des fruits mûrs pour la confiture, reconnaissance des différentes baies ainsi que des oiseaux sauvages qui voletaient partout. « Pas si sauvages que ça », m'a fait remarquer Lucas en me montrant, sur son portable, des merles qui sautillaient entre alouettes et tourterelles. Et est-ce que je savais que les perdrix s'appelaient aussi « gélinottes huppées ? » Si joli que j'ai décidé de ne plus leur donner que ce nom.

Les écoliers avaient également appris à baratter le beurre et confectionner des yaourts, nature évidemment. Non pollués par des colorants artificiels.

Et, pour terminer, ils m'ont offert un petit assortiment de fromages : chèvre, brie, brebis, une boule de pain bis fait maison et un sachet de noisettes enrobées de chocolat. Le tout pour seulement 10 euros, qu'ils comptaient sur moi pour leur rembourser.

Je les ai remerciés le plus chaleureusement possible ; mais ma Pam qui sent tout a bien vu que quelque chose n'allait pas.

– Qu'est-ce qui ne va pas, maman, dis-nous.

Pas une seconde je n'avais songé à leur cacher la tentative de suicide de Claude. Après la disparition de leur père, nous nous étions promis de tout partager. Et puis, de toute façon, un jour ou l'autre, ils l'auraient forcément appris.

Serrés les uns contre les autres sur le canapé, j'ai commencé par leur livrer certains aspects de l'enfance de Claude que, jusque-là, j'avais préféré garder pour moi, connaissant sa réticence à parler d'elle – pourrait-on dire sa « répulsion » ? Son enfance solitaire entre deux parents totalement absorbés par leur travail. Les larmes que la petite fille versait la nuit, en cachette, et la carapace qu'elle s'était forgée pour se protéger.

Je leur ai dit aussi sa générosité à mon égard et comment, au collège Antoine-de-Saint-Exupéry, elle m'avait offert son amitié et aidée à grandir.

Lucas avait d'abord joué les indifférents, tandis que Pam refoulait ses larmes. Et quand je leur ai appris que, ce matin, Claude avait tenté de mettre fin à ses jours, tous les deux se sont jetés dans mes bras, en un même élan.

Bien sûr, ils ont voulu en savoir plus, connaître les détails, et j'ai, une fois de plus, déroulé la sobre litanie : mon pressentiment, ma découverte, les pompiers, le samu, l'hôpital. Ce sont les pompiers qui ont le plus intéressé Lucas : les garçons !

Pam, elle, c'est que Claude ait choisi la chambre de Benjamin pour son geste.

– Mais maman, pourquoi elle a fait ça ? Pourquoi ?

– Malgré tous ses efforts pour le cacher, elle aimait Benjamin. Elle l'aimait vraiment. Et elle ne supportait pas l'idée d'en être séparée, ai-je répondu.

Je leur ai raconté la conversation que nous avions eue il y a peu. Lorsqu'elle m'avait confié qu'elle était prête à tout pour garder sa « crevette », comme elle l'appelait. Même à l'emmener à l'étranger, en abandonnant son travail et son luxueux appartement.

Tout en parlant, j'observais Lucas du coin de l'œil : me croyait-il, lui si hostile à Claude, la jugeant égoïste, uniquement préoccupée d'elle, son confort, ses plaisirs ?

Lucas est un garçon entier, parfois têtu comme une mule, mais toujours de bonne foi. Interceptant mon regard, il m'a lancé :

– Maman, tu me prends pour qui ? Pour un taré ?

– Pour un garçon formidable, me suis-je écriée, proche des larmes. Et si vous n'étiez pas là, Pam et toi, je me demande vraiment comment je ferais pour supporter tout ça.

Confirmé par des bisous.

Me restait à appeler Thomas.

– 48 –

J'ai regagné ma chambre, formé son numéro, et je lui ai demandé de venir me chercher, vite : j'étouffais.

– Tout de suite, mon cœur.

Et il a raccroché, tout doucement, comme on referme la porte sur un grand blessé.

Oui, Thomas, j'étouffais ! Et ce n'était pas parce que mon amie, ma meilleure, ma seule véritable amie, avait tenté de se suicider, c'était depuis qu'une femme, appelée Barbara Fischer, dont j'avais du mal à prononcer le nom, même tout bas, même en pensée, m'avait appris que Claude était sa maîtresse et qu'elles s'aimaient… Ce coup de tonnerre, ce coup de grisou, cette forfaiture, dont, bien sûr, je n'avais pas parlé aux enfants, rompant ainsi le pacte de tout nous dire. Mais comment leur apprendre ce genre de nouvelle ? Ils n'auraient pas compris – pis, Lucas aurait ri, et Claude aurait été définitivement salie.

Oui, vite, mon cœur !

J'ai changé de chemisier, passé de l'eau sur mon visage, mis de la poudre sur mon nez, du rose sur mes joues et mes lèvres, du brun sur mes cils. Je me suis refait un visage, et après un coup de brosse dans mes cheveux j'ai regagné le salon où mes Deux m'attendaient, l'air gêné, l'air de ne plus savoir que dire.

– J'ai appelé Thomas. Il va venir me chercher, j'espère que ça ne vous ennuie pas.

– Oh là, si ! Et même des tonnes, m'a renvoyé Lucas avec humour.

Il a désigné la cuisine :

– Et nous, comment on va faire pour dîner ?

– Vous ? Vous avez l'autorisation de vider le frigo, à condition de ne pas toucher à *mes* fromages, ni à *mon* pain bis et à *mes* noisettes au chocolat.

– On dit « chocolatées », m'a reprise Pam. C'est plus joli, plus bio.

– Bio ou pas, si tu crois qu'on va se gêner, a rigolé son frère.

Et là, je n'ai pas pu m'empêcher de rire moi aussi, sous son œil ravi : but atteint ?

Lorsque, quelques minutes plus tard, Thomas est entré dans le salon, Pam s'est jetée sur lui.

– Claude, tu sais ? L'amie de maman. Eh bien elle est à l'hôpital. Elle s'est suicidée parce que Daniel veut lui prendre sa « crevette ».

Désarçonné, Thomas s'est tourné vers moi, cherchant mon regard. J'ai fait les gros yeux à ma fille, attrapé son bras : « Viens ! Je vais tout t'expliquer. » Je l'ai entraîné *manu militari* vers la porte et nous avons quitté cette maison de fous.

Le jardin se taisait lorsque nous l'avons traversé. À plusieurs reprises durant cet après-midi épouvantable, je m'étais promis de l'arroser sitôt rentrée et ça m'avait un peu calmée. Promesse non tenue. « Demain, dès l'aube, mes belles », ai-je juré à mes chéries.

– Où veux-tu aller ? m'a demandé Thomas, alors que nous montions dans sa voiture.

– Au calme.

– Tu as faim ?

– Pas vraiment.

– Alors on va arranger ça.

Il a démarré et ça a été tout. Le silence, un bienheureux silence tant attendu.

J'ai posé ma tête sur l'appui, fermé à demi les yeux et tenté de me laisser aller. Tout en sachant que je n'y parviendrais pas : Barbara. Barbara, belle, forte, décidée, libre. Tout ce que je n'étais pas. Claude en manque de sexe ?

Il lui arrivait d'en plaisanter.

– Un bonhomme, ça peut être utile de temps en temps, si tu vois ce que je veux dire. Mais les bonshommes, il paraît qu'on peut s'en passer en utilisant des *sex-toys*. Toi, la sainte, t'aurais pas une adresse à me procurer, par hasard ?

Et la « sainte » détestait l'entendre parler comme ça.

Plus besoin de *sex-toys*, Barbara était là.

– Et voilà, nous y sommes ! a annoncé joyeusement Thomas.

C'était une auberge de charme : l'Auberge de l'Étang, très appréciée dans la région. Comme son nom l'indiquait, elle donnait sur l'étang du « Boulet », un vilain nom pour désigner une ravissante étendue d'eau entourée de verdure, où l'on pouvait « taquiner le goujon » ou plutôt l'anguille et la carpe, se baigner, profiter du soleil ou, tout simplement, se reposer à l'ombre d'un peuplier ou, pourquoi pas, d'un chêne, ce seigneur.

Dans le soir qui tombait, un bruit régulier de rames évoquait d'anciens poèmes appris par cœur à l'école, parlant de temps qui passe, de temps perdu. Le hululement d'un hibou a cassé la magie.

Samedi, la salle était presque pleine. Un très digne maître d'hôtel nous a conduits à une table un peu isolée donnant sur l'étang : l'idéal.

Vous allez rire, mais c'était la première fois que j'allais au restaurant seule avec Thomas. Et, durant quelques secondes, une griserie m'a emplie et Barbara a disparu.

Un garçon au long tablier blanc nous a présenté le menu. D'un commun accord, nous avons choisi deux soles meunières-purée maison. Et pour dessert ? Nous verrions ça plus tard, merci.

– En attendant, souhaitez-vous prendre un apéritif ?

– Bien sûr, a répondu Thomas.

– Et votre dame ?

« Votre dame » ? Totalement grisée, je me suis entendue demander un kir royal ; ma boisson de fête préférée. Et bien sûr, Thomas a suivi.

Lorsque les kirs ont été servis, dans de beaux verres à champagne, il a levé le sien : « À ma dame de cœur », et nous avons trinqué. Puis, mes yeux dans les siens, je lui ai tout déballé, sans rien omettre. L'appel de Claude sur le pêle-mêle de photos, alors que je me reposais dans le salon. Ma réticence à me rendre chez elle, ma sinistre découverte dans la chambre de Benjamin, le tube de barbituriques sous le lit, les pompiers, le samu, l'hôpital Pontchaillou. Et même le « sans vous » du docteur Dauven, qui continuait à m'angoisser. Ce « sans vous » qui soulignait ma responsabilité et disait aussi que, dans cette épreuve, je m'étais montrée la plus forte, moi qui aurais voulu continuer à me sentir protégée par Claude. Oui, docteur Dauven !

Le moment était venu de parler de Barbara à Thomas. Mais alors que c'était dans ce but que je l'avais appelé, qu'elle était la cause de mon étouffement, ma gorge s'est nouée, bloquant les mots.

Thomas s'est penché sur moi. Il a attrapé ma main, l'a serrée dans les siennes.

– Prends ton temps, mon Élisa, rien ne presse.

Oh si, Thomas, cela presse ! C'est urgent, impossible à garder en moi plus longtemps. Et c'est toi et personne d'autre qui pourras m'aider à retrouver mon souffle.

J'ai bu quelques gorgées de kir et j'ai raconté.

L'appel de Barbara alors que je m'apprêtais à rentrer chez moi après l'hôpital, son inquiétude au sujet de Claude et ma proposition de me rendre chez elle. Sa trop grande familiarité, ma brusque envie de fuir.

L'inacceptable.

– Thomas, Claude est la maîtresse de Barbara. Elles s'aiment.

Ma voix s'est brisée, Thomas a serré plus fort ma main : « Continue, m'a-t-il ordonné, ses yeux dans les miens. »

J'ai continué.

– Elles s'aiment depuis un an et je n'ai rien vu. Claude m'a menti, elle m'a joué la comédie, elle m'a trahie, alors que j'étais sûre d'être sa seule véritable amie.

Et j'ai laissé libre cours à mes larmes.

C'est que cela faisait si mal de prononcer ces mots à voix haute, distinctement. C'est que cela faisait tant de bien de m'en libérer enfin, rendre les armes, vider mon cœur de son poison.

Et au diable le digne maître d'hôtel, qui ne cachait pas sa désapprobation. Venait-on dans « son » auberge pour y donner ses états d'âme en spectacle ?

– Mais la seule véritable amie de Claude, c'est toi et ce sera toujours toi, m'a affirmé Thomas. Cette amitié d'enfance où les années comptent double, où elles s'inscrivent dans notre mémoire, et aussi dans notre peau, notre chair, en lettres indélébiles, que rien ni personne ne pourra jamais effacer. Jamais.

Il s'est interrompu quelques secondes, semblant se concentrer, réfléchir.

– Quant à ton autre problème, a-t-il repris, ce « sans vous » prononcé par le médecin qui te fait si peur, il vient tout simplement de ton désir de voir en Claude la plus forte, d'être protégée par elle et non l'inverse.

Il m'a souri : « Ne crois-tu pas qu'il serait temps de retirer ta robe de petite fille et te considérer comme son égale ? »

Et voilà que soudain, écoutant cette voix si douce, si tendre, prononcer ces mots si justes, l'envie folle de dire à Thomas que je l'aimais m'a submergée.

Oui, je t'aime, Thomas. Depuis le premier regard, comme on dit dans les romans roses, boudés par la critique. Ce regard qui m'a dit que j'étais enfin arrivée à ma place, près de toi... Et que, désormais, je n'aurais plus rien à craindre de mauvais, ni pour moi ni pour les enfants. Oui, Thomas, enfin !

Mais c'était déjà trop tard. J'avais laissé passer ce bref instant, ces quelques secondes où la vie nous offre parfois de partager le fond de notre âme. Rassuré par mon silence, mon calme apparent, Thomas me désignait les verres de muscadet, qui avaient remplacé depuis longtemps nos coupes de kir royal. Muscadet censé accompagner les soles meunières-purée maison qui refroidissaient dans nos assiettes.

– On y va ?

Nous voyant empoigner nos fourchettes, le maître d'hôtel s'est précipité.

– Désirez-vous que votre poisson soit renvoyé en cuisine afin d'être réchauffé ?

– Non merci, nous avons assez attendu comme ça, lui a répondu Thomas.

Et pour terminer le repas en beauté, mon as de cœur a commandé comme dessert deux soufflés brûlants aux fruits de la passion.

– 49 –

Une semaine a passé. Claude va bien, merci mon Dieu. Sortant du coma, elle a regardé autour d'elle, froncé les sourcils et balbutié un merveilleux, un fabuleux : « Mais qu'est-ce que je fous là ? »

Pleine d'un bonheur tremblant, je lui ai expliqué, en prenant mon temps, avec précaution, avec crainte, petit bout par petit bout, pas trop à la fois, ce qui l'avait menée ici.

Il m'a bien fallu lui parler de Barbara, prononcer à voix haute le prénom redouté. Ses yeux se sont agrandis et un mot, jusque-là inconnu d'elle, a passé ses lèvres : « pardon ». Qu'auriez-vous fait ? La seule question que je me pose : « Pardon de quoi ? » De s'être flinguée ou de m'avoir odieusement trompée ? L'avenir le dira. Ou pas.

La « moma » d'Allégra va bien, merci mon Dieu. Elle se remet même plus vite que prévu et devrait bientôt rentrer chez elle. Sans plus avoir à craindre la brutalité de son mari, celui-ci n'était pas près de sortir de prison, la police ayant découvert qu'en plus des coups et blessures infligées à sa femme il traficotait du côté de l'héroïne ! Sans savoir qu'il en hébergeait une chez lui : sa fille. Je sais, c'est facile, mais tout sourire n'est-il pas bon à prendre ?

Allégra va bien, merci. Elle a davantage grandi en quelques jours que dans sa courte vie. Elle a vécu la peur, la douleur, la révolte et pour finir elle a appris à se plier aux règles tout en découvrant qu'elles n'étaient pas toutes obligatoirement dirigées contre elle. Personnellement, je n'ai qu'un vœu : qu'elle mérite un jour son si beau prénom, et vive dans l'allégresse.

Mes parents vont bien, merci. Encouragé par Reine, Jacques projette d'installer, dans un coin de sa boutique, un « atelier-création », où il initiera les amateurs au beau travail du carton. Le maître prêt à transmettre son savoir. Chapeau !

Gribouille va bien, merci. Il s'est remis de la visite de la police. Pour information : à quelques mois, il avait été abandonné par ses maîtres, et attaché à un arbre dans la forêt. Avertis, les gendarmes l'avaient libéré et conduit directement à la SPA. Depuis, dans sa petite cervelle de chiot s'est imprimé que tous ceux qui portent l'uniforme bleu sont obligatoirement ceux qui l'ont séparé de sa mère… Pauvre orphelin !

Le jardin va bien, merci. Delphiniums, bluets, coquelicots, lavande y fleurissent, que le soleil d'été caresse, réveillant des bouquets d'arômes de toutes les couleurs. Lucas prétend qu'il récite des poèmes. Un père artiste, un fils poète, que demander de mieux ?

Et c'est dans ce paysage idyllique, qu'un bonheur supplémentaire nous est venu : le débarquement de Melchior, mon frère aîné, celui qui, me baptisant « Simplette », m'a permis de me rebeller, me donner des buts, me dépasser et, finalement, devenir celle que je suis aujourd'hui, plutôt à l'aise dans sa peau.

Je vais bien, merci.

– 50 –

Il était 19 h 30, ce vendredi soir. Les enfants et moi prenions le frais dans le jardin, quand une longue voiture blanche décapotable, décapotée, portant le beau nom de « Caravelle » inscrit sur son flanc, s'est arrêtée devant le portail, et Melchior en a jailli.

– Bien le bonsoir, la famille française, a-t-il lancé avec un bon gros accent de cul-terreux québécois.

Stupéfaits, incrédules, heureux, nous nous sommes précipités dans ses bras, moins Gribouille jaloux-jaloux.

Les effusions terminées, il s'est tourné vers mes plantations.

– Vraiment croquignolet, ton jardinet, a-t-il remarqué gentiment.

Et j'ai remis à plus tard le moment de lui expliquer que le « jardinet croquignolet » ferait peut-être bientôt la une de la presse régionale.

Nous sommes rentrés dans la maison et là, le nez tourné vers la cuisine, Melchior a inspiré avec gourmandise.

– Dis donc, ça sent rudement bon, chez touai. Et ça tombe bien, je meurs de faim.

Il faut savoir que mon frère est un perpétuel affamé. Sans doute les privations subies durant son enfance alors qu'il grandissait, grandissait…

Ça sentait, tout simplement, le hachis Parmentier chauffant au four pour le dîner. Pam s'est ruée sur les assiettes, Lucas sur verres et couverts, moi je suis descendue à la cave chercher une bonne bouteille, et nous nous sommes attablés.

« Un hachis, dit maman, c'est mille petits riens cuisinés ensemble qui se transforment en festin. Bœuf, volaille, agneau, porc, quelques tranches de lard pour relever le goût, purée de tomate pour le liant, et le tour est joué. »

J'avais choisi une bouteille de bourgogne rouge, léger, fruité, le vin favori d'Hervé, amateur de grands crus. Tout en dégustant, Melchior nous a donné des nouvelles de la famille, installée à Hamilton dans l'Ontario. Mahaut, notre sœur aînée, mariée à Nathan, ingénieur, était mère de trois garçons qu'elle élevait à la maison. De son côté, Melchior avait deux filles et un garçon, donnés à lui par Mia, sa femme, agricultrice comme lui.

– Et présentement, tout ce petit monde n'attend qu'une chose : vous recevoir à la ferme. Et, croyez-mouais, vous serez traités comme des rouais.

– Maman dit que c'est trop cher d'aller vous voir, pas dans nos moyens, a râlé Lucas en m'assassinant du regard.

– Voyage aller et retour, gîte et couvert offerts par les fermiers, l'a taclé Melchior.

Lucas a jailli de sa chaise et il a sauté au cou de son oncle.

– On peut fixer la date tout de suite ? Comme ça, on sera sûrs et certains ?

Dans sa voix une angoisse qui n'a échappé à personne, « trop beau pour être vrai ? ».

– Comme si c'était fait, lui a renvoyé le fermier.

Cette fois, Lucas a foncé dans sa chambre d'où il est revenu avec son gros agenda de collège. Il l'a ouvert, feuilleté.

– Vacances le 7 juillet, concours de jardins le 18 – clin d'œil à sa mère –, pourquoi pas les 22-23 ?

– À vouair avec la patronne.

La « patronne » ? On s'est tous regardés, interloqués.

On a mieux compris quand Melchior a brandi son portable, formé un numéro interminable, mis le haut-parleur, et qu'une voix féminine – même accent que lui – a retenti : Mahaut.

– C'est touais l'frérot ? Qu'est-ce qui t'arrive ?

– Pardon d'te sortir du drap mais c'est l'Lucas qui se fait du mouron. Voudrait savouair s'il peut v'nir chez nous avec la famille le 22 ou l'23 juillet ?

– Passe-mouai le garçon.

Vous auriez vu la tête du « garçon » ! Durant quelques secondes, j'ai eu peur qu'il prenne la poudre d'escampette.

Il a fini par prendre l'appel.

– Oui ? a-t-il émis faiblement.

– Ouais, lui a renvoyé la grosse voix de la « patronne », mets-toi bine dans la caboche, que demain, après-demain ou à la Saint-Glinglin, tu s'ras toujours le bienvenu chez nous. Et y a quelque chose que t'as pas l'air d'avoir pigé, c'est que c'est pour vous chercher que l'Melchior a fait le voyage. Et maintenant, si tu veux bien, j'm'en vas m'fourrer la viande dans l'torchon. Un bec à tout le monde.

Un « bec » : un bisou en québécois.

« S'fourrer la viande dans l'torchon » : se mettre au lit.

Salade, fromages, gariguette-crème fraîche, nous avons terminé le repas, Gribouille sur les pieds de Melchior, qui laissait tomber pour lui de grosses miettes de chaque plat, hachis Parmentier inclus et tant pis pour le carrelage.

– Il s'appelle Gribouille, a appris Pam, ravie, à son oncle. Un seul repas par jour, et interdit de mendier.

Melchior s'est penché et il a ébouriffé la tête du mendiant.

– Pas de souci, le Gribouillis, tant que j's'ra là, tu pourras compter sur moi pour manger à ta faim.

Et le « Gribouillis » a sorti une langue d'un mètre, pour lécher la main de son bienfaiteur.

Le repas terminé, on est tous allés s'fourrer la viande dans l'torchon, Melchior dans la belle chambre aux deux fenêtres donnant sur le jardinet croquignolet.

– 51 –

Et dès 6 heures du matin – midi à Hamilton – je retrouve Melchior dans la cuisine en train de piller le réfrigérateur, sous l'œil énamouré de « Gribouillis » invité à partager le p'tit déj'.

– Assieds-touai, jeune fille, m'ordonne mon frère.

Sitôt fait.

Il pousse vers moi café et lait chaud, tranche une part de brioche qu'il introduit dans le grille-pain.

– Hier, y en a eu que pour ma cerise. À touai d'jaser. Et j'veux tout savouair sur ta pomme, touai !

Malgré le délectable accent québécois, je réprime une grimace. Tout ça fait beaucoup. Ça fait aussi certaines choses que, jusque-là, je n'avais confiées à personne, si vous voyez « de quoi je veux jaser ».

Allez, haut les cœurs !

– La Simplette a fait son chemin. Avec des hauts et des bas comme tout le monde.

Les hauts ? Mon mariage avec Hervé, ma découverte de la belle vie, nos enfants, notre maison.

Les bas ? La mort d'Hervé, la haine de ma belle-mère, ma peur d'être virée de chez moi avec Lucas et Pam.

– On l'a baptisée « Folcoche ». « folle cochonne », comme l'héroïne du roman d'Hervé Bazin.

Et, à ce nom, Gribouille pousse un aboiement furieux.

– J'vouais qu'tout le monde est d'accord, constate Melchior en ébouriffant le poil du protestataire, avant d'engloutir un morceau de brioche généreusement beurré et confituré, tandis que je mords dans ma tartine grillée.

– Pourtant, t'as pas l'air d'aller si mal que ça, je m'trompe ? m'interroge Melchior en faisant passer sa tartine avec une louche de café.

– Grâce à Thomas.

La réponse m'est venue tout naturellement, coulant de source. Une évidence, une simple constatation. Et puis zut ! je n'ai jamais rien caché à mon frère et ce n'est pas aujourd'hui que je vais commencer.

Et le reste suit : la présence protectrice de Thomas après la mort d'Hervé. Son soutien, sa générosité, la façon dont il s'occupe de mes enfants comme s'ils étaient les siens, son indifférence totale à ce que sa mère pourrait en penser…

C'est la première fois que je m'autorise à parler de mes sentiments pour Thomas, et une douce euphorie me gagne, un bien-être, une libération.

Eh bien sûr, Melchior ne s'y trompe pas.

– Touai, t'es tombée en amour, constate-t-il quand j'ai fini.

Pas une question sur mon mari, pas un reproche. Plus large d'esprit que lui…

– Oui, et il m'aime lui aussi.

– Des projets ?

J'avoue :

– Pour l'instant, on ne s'est pas encore exprimé nos sentiments. La peur de ce qu'en diraient les enfants. Sans compter Folcoche.

Le rire de Melchior fait trembler les murs de la cuisine. Gribouillis se réfugie sous la table sans lâcher son morceau de lard. J'ai envie de me cacher près de lui. Tirés du lit par le rire du bon ogre, Lucas et Pam ont débarqué.

Et bien sûr, les premiers mots de Lucas : « C'est toujours bon pour le 22 juillet ? »

– C'est qu'il me prendrait pour un Pierrot ! l'a rembarré son oncle.

Et le sujet a été définitivement clos.

Peu après, une distribution de cadeaux a eu lieu.

D'un sac, Melchior a tiré pour moi un gros écrin contenant un collier en « griffes de loup », bijou datant des Vikings, fait de véritables griffes de fauve, censées porter bonheur. Pour Pam, un bracelet d'agates, pierre précieuse de la région, d'un beau bleu intense. Et pour Lucas, un tee-shirt de hockey au nom des « Cow-boys enragés », qui lui vaudrait, sans aucun doute, de briller auprès de ses copains.

Il y avait aussi des cadeaux pour nos parents ; on verrait ça plus tard.

J'ai pris le bras de mon frère et je l'ai entraîné dans le jardin. Je lui ai raconté le prochain concours, auquel je participerais, et le thème que j'avais choisi, *Le Petit Prince*, qu'il connaissait presque aussi bien que moi.

Je lui ai présenté chaque fleur, chaque arbuste, chaque buisson, qui illustrerait ce thème et ensuite nous sommes allés dans l'appentis où je lui ai montré les figurines confectionnées par papa et, comme moi, il a été bluffé par son talent, son ingéniosité, son savoir-faire. Quant aux pétales de roses et aux étoiles, cousus par maman, ils l'ont attendri : cette Reine, quand même !

– Alors, si tu pouvais arrêter de parler de « jardinet croquignolet », ça me ferait plaisir.

Il s'est excusé de m'avoir blessée : il avait parfois tendance à parler trop vite et trop fort... Et, pour terminer, il m'a fait le plus beau compliment qui soit :

– Si t'avais accepté mon invitation à t'installer chez nous après la mort de ton chéri, et que j't'avais confié un bout de terrain à cultiver, t'en aurais fait un sacré coin de paradis.

– 52 –

Comment annoncer à nos parents la venue de Melchior sans trop les chambouler ? Par téléphone ? Nous avons finalement décidé que le mieux serait de nous rendre à Rennes et le leur apprendre de vive voix.

Ayant mille choses à dire à mon frère, j'ai été soulagée que les enfants ne demandent pas à nous accompagner : samedi, grasse mat' et pianotage furieux sur instruments barbares. C'est ainsi que dès 9 heures du matin Melchior m'ouvrait la portière de sa Caravelle, et nous nous envolions, suivis par les aboiements plaintifs de Gribouillis qui craignait de perdre son plus généreux père nourricier.

J'ai commencé par lui raconter la proposition que, sitôt mariée avec Hervé, j'avais faite à nos parents de leur offrir une maison près de la nôtre, afin qu'ils puissent profiter du bon air de la campagne, loin de leur ruelle sordide à Rennes... Et leur refus obstiné au prétexte qu'ils entendaient continuer d'exercer leur métier de quincailliers. Fierté ? Discrétion ? Les deux sans doute...

Dans la foulée, j'ai fait part à Melchior de la récente demande de fonds de maman, pour assurer ses fins de mois, et de la gêne du pauvre papa.

– Trimer toute sa vie pour se trouver sans un picaillon à l'âge de la retraite ? C'est trop d'injustice, s'est-il révolté. Mais t'en fais pas, la petiote, j'm'en vais remédier à ça.

À propos d'injustice, je lui ai aussi touché un mot d'Allégra et de mon travail à « SOS enfants Congo », et il s'est dit fier de moi.

Mais nous arrivions.

Lorsque la Caravelle a fait son entrée dans la petite rue du quartier défavorisé de la ville, un véritable séisme s'est levé. Tous les gamins braillant autour, toutes les têtes aux fenêtres. Melchior et moi sommes descendus de voiture et, quand nos parents, attirés par le bruit, sont sortis de leur boutique et qu'il les a pris dans ses bras, suffisamment grands pour les y envelopper tous les deux, ce sont des applaudissements qui ont retenti. Trop, c'était trop ! Trop fort, trop bien, trop beau, trop tout.

Nous sommes entrés dans le magasin, j'ai refermé la porte, et un grand silence est tombé : un silence « souvenirs d'enfance ».

Lentement, Melchior a fait le tour des lieux, effleurant chaque meuble, chaque objet, comme pour s'assurer qu'ils étaient bien là, qu'il était bien revenu. Il a dû se courber pour entrer dans le cagibi où il avait dormi durant tant d'années. Dormi, mais aussi veillé, travaillé sans relâche à la lumière d'une lampe Pigeon, accumulant les bonnes notes à l'école, au collège, au lycée, dans le but de connaître un jour une vie meilleure, découvrir de nouveaux horizons, vastes comme ses rêves.

Et là, on a pu voir le géant verser des larmes d'enfant.

Après un café, servi dans les plus belles tasses de la quincaillerie, la remise des cadeaux a eu lieu… À maman, Melchior a offert un tableau « Inuit » – groupe ethnique – représentant une femme en robe longue, agenouillée au pied d'une montagne, entourée des siens, remerciant le Ciel de leur avoir rendu le soleil, les avoir sortis des ténèbres : ce miracle renouvelle chaque aube. Et, regardant cette œuvre, on prenait conscience du miracle de la vie sur Terre.

À papa, Melchior a donné une bouteille de « cidre de feu » : boisson de fête à base de malt, de pommes fermentées, de sirop d'érable et de vodka ! Et il l'a invité, ainsi que maman, à faire partie du voyage en juillet au Québec. Sans surprise, ils ont réservé leur réponse.

Quand, de retour dans la Caravelle, Melchior a voulu, pour terminer le tour de famille, se rendre chez grand-tante Charlotte, ça m'a porté un coup. Devant les parents désolés, je lui ai expliqué le plus calmement possible que je ne l'y suivrais pas et lui en ai donné la raison : la façon honteuse dont elle avait traité Allégra, ma petite protégée, l'accusant de voler le pain des Français et décrétant qu'il fallait la renvoyer dans son pays, ainsi que les siens.

Sans commentaire, mon frère m'a demandé de lui rappeler l'adresse du camping-car, puis, après nous avoir déposés, les parents et moi, à la Buissonnière, il a fait demi-tour.

Plus têtu que lui…

Lorsqu'il est revenu, une petite heure plus tard, il s'est contenté de déclarer : « une bonne chose de faite », refusant de répondre à mes questions, déclarant que l'heure de l'apéritif avait sonné.

Plus frustrée que moi…

Sa réponse, il nous l'a donnée le soir même, en invitant toute la famille, sauf l'affreuse Charlotte, à l'auberge du *Lion Bossu*, cinq étoiles à Rennes…

Auberge dont le patron n'est pas près d'oublier le passage de son client québécois.

En effet, Melchior a commandé pour lui tout seul un double menu. Menu « poisson et crustacés » en entrée, menu « viande de terroir » en plat principal. Et bien sûr, double portion de hors-d'œuvre, salade, fromages et dessert. Le tout accompagné d'un tonnelet de vin... Seule la conversation en a pâti, remplacée par des onomatopées, des « oh », des « ah » et même un « mille sabords », digne du capitaine Haddock, qui lui a valu les applaudissements des tables voisines. Gros, Melchior ? Pardon : « en surpoids » ? Même pas.

– 53–

Dimanche, temps radieux, grand soleil, ciel bleu. Et un gros nuage à l'horizon : ce soir, notre castor – emblème du Canada – nous quittera déjà. Embarquement à 21 h 10 à Charles-de-Gaulle, arrivée à 3 heures du matin à l'aéroport « Jean-Lesage » au Québec, première classe, sièges convertibles, dîner, champagne et films à volonté. Comptez sur Lucas pour s'être renseigné. Ne prendrons-nous pas le même chemin princier dans quelques semaines ?

Pour cette dernière journée en famille, Melchior a souhaité pique-niquer au bord de la mer : Dinard. Conviés, nos parents ont hélas refusé, victimes d'une indigestion à la suite du dîner au *Lion Bossu*, même s'ils n'avaient pris qu'un seul menu. En revanche, les enfants étaient partants, tout heureux de nous accompagner. Et à 11 heures pile, moi devant, la marmaille, incluant Gribouille, derrière, nous avons pris la route, Lucas chantant à pleins poumons : « Je reviendrai à Montréal », la chanson de Robert Charlebois.

Mon frère avait décidé qu'il tenait à s'occuper de tout et, traversant Dinard, il a fait halte dans la meilleure boulangerie-pâtisserie de la ville, et il l'a dévalisée sous les yeux des clients, ravis-incrédules, et des patrons. Le butin placé dans deux conteneurs isothermes, destinés aux collectivités : l'un pour le salé, l'autre pour le sucré. Conteneurs qui ont eu quelque mal à entrer dans le coffre de la Caravelle, plus habitué à abriter de plates valises « Gucci » ou d'élégants sacs de golf.

– Et on va boire quoi avec tout ça ? s'est inquiété Lucas.

– Régime sec. Tous à l'eau plate ! a répondu son oncle.

Une réponse qui lui ressemblait si peu que j'ai flairé qu'il y avait anguille sous roche.

Sur la plage, des ballons volaient, des familles prenaient du bon temps, quelques courageux se baignaient, des amoureux s'embrassaient, passaient des airs de Charles Trenet.

J'ai déployé ma plus belle nappe sur le sable, serviettes assorties, couverts en argent – fête oblige. Nous nous sommes assis autour, Gribouille scotché aux pieds de son seigneur qui a soulevé cérémonieusement le couvercle du conteneur isotherme salé. Et alors qu'il en tirait toutes sortes de hors-d'œuvre, l'anguille est sortie de sa roche : Thomas, les bras chargés de boissons diverses et variées dont, étonnez-vous, une bouteille de champagne.

Tandis que les enfants lui faisaient fête, mon frère m'a expliqué à mi-voix qu'il n'entendait pas se fendre d'un costume de garçon d'honneur sans en savoir plus sur le promis et ses intentions. Ce pour quoi il l'avait invité.

La bombance a commencé. Sous les yeux ébahis de nos voisins, eux réduits à de banals sandwichs jambon-beurre, nous avons dégusté de savoureux canapés au foie gras de canard, aux rillettes d'oie, au pâté de campagne, particulièrement apprécié par qui vous devinez.

Puis les œufs ont été servis : en gelée, mimosa, à la russe, à la suédoise, à la royale, farcis à l'anchois, pochés, ou « Cendrillon » (revêtus de lamelles de truffe).

Ont suivi vol-au-vent, bouchées à la reine – coucou, maman –, rissoles, croûtes aux champignons et croquettes de volaille. Et enfin les salades : tomate, carotte, concombre, fermière, César et quatre saisons. N'en jetez plus, les estomacs sont pleins.

Le champagne a été servi avec les desserts : tartelettes à tous les fruits rouges et blonds, tels que l'abricot et la jolie mirabelle. Et aussi éclairs au chocolat, anneaux de Saturne, Congolais, baba au rhum. Sans compter crèmes et glaces. Inutile de dire qu'on était tous à l'ouest, même les enfants, grisés au coca-cola, bu sans modération. Près de son idole, Gribouillis ronflait.

Tout au long des agapes, j'avais pu voir Melchior discuter avec Thomas, parfois sérieux, parfois riant comme des bossus, parfois me regardant du coin de l'œil.

Un peu plus tard, mon frère m'a tendu la main.

– Viens donc qu'on jase un peu, m'a-t-il ordonné, et il m'a emmenée sur le sable mouillé où des vaguelettes ont enrobé nos doigts de pied de crème fouettée.

J'avais du mal à respirer, l'attente était trop forte : alors, alors, alors ?

– Alors t'as gagné l'gros lot, a tranché Melchior. Un gars comme, on n'en trouve plus qu'dans nos forêts. Un bûcheron tout cousu du beau bois qu'il travaille : solide, au cœur tendre.

Et le bonheur a fait bondir mon cœur.

– Un seul souci, a repris Melchior, l'est tellement en amour de touai qu'ça lui dégouline par tous les pores que c'en est une pitié. Alors t'es prévenue, si tu ne lui déclares pas ta flamme, c'est moi qui y vas.

Et là, c'est la bûcheronne qui s'est jetée sur lui, l'a entraîné dans les vagues, lui a enfoncé la tête sous l'eau jusqu'à ce qu'il crie « grâce », et nous avons ri, ri, et ri encore à la santé du bonheur.

Digne fille de sa mère, vous pouvez compter sur Pam pour capter les ondes. Nous voyant revenir tout joyeux, Melchior et moi de notre bain de sable, me voyant me précipiter sur Thomas et lui arracher sa serviette, l'entendant protester à grand bruit tout en m'étrillant de bon cœur, elle s'est écriée :

– Et pourquoi Thomas vient pas avec nous au Canada ? Lui aussi fait partie de la famille, oui ou non ?

– Ça ouais, tu l'as dit, a approuvé Melchior, en m'adressant un clin d'œil gros comme une montagne. Mais qui t'dit qu'il sera partant ?

– Mouais ! a rugi Thomas en sautant sur ses pieds et m'entraînant dans une danse si belle, si folle, que tout le monde a applaudi, même les voisins, sans savoir que nous nous trouvions dans un film de Claude Sautet.

De retour à la maison, mon frère m'a appris qu'il avait appelé maman ce matin. Elle avait accepté de lui donner l'adresse de sa banque et son numéro de compte. Il y avait viré une somme suffisante pour lui assurer, à elle et à Jacques, des fins de mois sans problème. Virement qu'il renouvellerait aussi souvent que nécessaire.

– Mais comment as-tu fait pour qu'ils acceptent ? ai-je demandé, bluffée, à Melchior.

Il a semblé un peu gêné : « Tu vas pas m'croire, mais j'ai pas pu m'empêcher d'chialer. »

Je l'ai cru : les bûcherons « solides au cœur tendre », n'était-ce pas lui qui l'avait dit ?

Dans la foulée, nos parents avaient accepté de nous accompagner au Québec fin juillet.

Ce qui, avec Thomas, doublait le nombre des voyageurs.

J'ai toujours eu en horreur les mouchoirs agités lors des départs. Aussi ne m'attarderai-je pas.

Il était 22 h 30 quand, accompagné par la famille – Thomas inclus –, Melchior s'est dirigé vers la Caravelle, où il avait déjà déposé ses bagages. Il s'est plié en quatre, a extirpé Gribouille du sac sous lequel il s'était planqué et nous l'a rendu en lui promettant un billet d'avion pour le pays où les chiens, meilleurs amis de l'homme, sont nourris à leur faim. Billet en soute, hélas, vu qu'il était trop gros, trop beau garçon pour être admis en cabine.

Puis, il nous a tous embrassés très fort et il s'est envolé, laissant dans son sillage un doux parfum de fraternité.

– 54 –

Très bientôt le 14 juillet. Quatre jours plus tard, le concours de jardins. J'ai décidé de tout oublier pour m'y consacrer.

Oublier Claude et Barbara qui n'ont pas besoin de moi pour être heureuses.

Oublier les paroles de Thomas : « Ne crois-tu pas qu'il serait temps de retirer ta robe de petite fille ? » Et, la robe retirée, mon envie de lui dire que je l'aimais.

Oublier l'ultimatum de Melchior : « Si tu t'déclares pas, c'est moi qui y vas. »

Oublier les mots du docteur Dauven : « Il nous arrive, de nous cacher en effet à nous-même et aux autres, qui nous sommes vraiment. »

Et même oublier mes parents, enfin libérés de leurs soucis...

Pour, le cœur léger, me vouer corps et âme au héros de mon enfance : le Petit Prince.

Le 18 juillet, il accueillera, en tenue de gala, sabre au côté, le président du jury et ses trois membres. Ils pourront d'abord admirer une petite plate-bande de ma fleur préférée : le pois de senteur. Avant que n'apparaisse le mouton dans sa cage. « S'il te plaît, dessine-moi un mouton », les premières paroles du Petit Prince à l'aviateur.

Puis un court chemin de cytises jaune-or mènera les visiteurs au puits. « Ce qui enchante le désert, c'est qu'il cache un puits quelque part », dit également le héros de l'histoire.

Du puits, nous longerons un parterre de fleurs dans tous ses états : des iris semblables à des merles bleus, de douces pensées, des soucis anti-inflammatoires, le saviez-vous ? Des narcisses – gare aux miroirs. Et un buisson des quatre saisons, fait d'arbustes dressés tels des soldats en uniforme jaune, vert, rouge, violet.

Et, pour terminer, apparaîtra le renard avec son si beau secret : « On ne voit bien qu'avec le cœur. L'essentiel est invisible aux yeux. »

Ne manque que la rose.

L'orgueilleuse qui défie les tigres du haut de ses quatre épines, la prétentieuse qui se croit unique, l'altière princesse.

Comment la représenter ?

Dessinée sur du carton ? Vous n'y pensez pas. Même habillée du plus beau des tissus, impossible, impensable. Seule une véritable fleur conviendra. Et je viens de la commander à Julien, un pépiniériste ami. Une rose vermillon portant le beau nom d'« Ombella », que j'irai chercher la veille du concours.

D'accord, mon Prince ?

Dimanche dernier, notre maire, Félicien Tissier, a reçu dans la salle des fêtes les propriétaires des quinze jardins participant au concours, ainsi que les maires de leurs villages, tous proches de Montreuil. Du haut de l'estrade, il les a d'abord nommés un à un en les remerciant d'avoir bien voulu partager l'aventure ainsi que du travail qu'ils avaient fourni. Puis chacun a été invité à se présenter.

Parmi eux, il y avait bien sûr : « Monsieur Miel » – comme l'avait baptisé Lucas – qui a parlé de ses ruches. Un autre avait choisi la chanson, illustrée par celle de Dalida : *Le Temps des fleurs*. Un autre, un proverbe : « La beauté est la fleur du bonheur. » Quand l'un des concurrents a raconté avoir opté pour des fleurs comestibles, dont l'« œillet barbu », des rires ont fusé. Lorsque j'ai cité *Le Petit Prince*, quelques applaudissements ont retenti, et j'ai regretté que mes Deux ne soient pas là.

Félicien nous invitait à profiter du buffet préparé par sa femme, quand brusquement la porte s'est ouverte et Georges, le mari de Folcoche, est apparu. Le silence s'est fait, et toutes les têtes se sont tournées vers lui.

Ses yeux ont fait le tour des personnes présentes, ils se sont arrêtés brièvement sur moi, il a bredouillé « oh, pardon », et il est vite sorti en oubliant de refermer la porte.

– Un espion ? a plaisanté Félicien, entraînant un rire général.

Sans moi.

Et je n'ai pas participé au buffet, trop choquée par cette intrusion qui résonnait pour moi comme un avertissement.

– 55 –

Il arrive que la vie vous envoie de drôles de clins d'œil. Quand, ce matin du 11 juillet, j'ai trouvé dans ma boîte un avis de lettre recommandée à aller chercher à la poste, tout un pan du passé a resurgi.

C'est que ce fin papier jaune barré de noir, je le connaissais bien. Il me rappelait ceux que mes parents recevaient à la quincaillerie lorsque j'étais gamine et qui déclenchaient invariablement leur consternation, quand ce n'étaient pas leurs larmes.

Un papier qui parlait de dettes, de loyers ou de factures impayés, d'un homme vêtu de noir comme un oiseau de proie, appelé « huissier », planant sur leur destinée.

Et si, faute de règlement en temps et en heure, leur magasin leur était retiré ? S'ils étaient obligés de quitter cette rue, qu'ils avaient toujours habitée, perdant, en plus de leur travail, leurs compagnons de misère ?

Je me suis reprise. Qu'est-ce qui me prenait d'évoquer ces tristes images du passé ? Aujourd'hui, grâce à Melchior, nos parents n'avaient plus rien à craindre de personne. Et je les soupçonnais même – chut – de puiser dans leur magot pour aider ceux qui se trouvaient le couteau sur la gorge comme eux encore récemment.

Bien sûr, dans la foulée, mon frère leur avait proposé de quitter Rennes pour venir s'installer à Montreuil, près de moi. Et leur refus, indigné, nous avait appris que leur quincaillerie, leur rue, leurs voisins représentaient tout pour eux… Ils étaient leur vie.

Et ils aimaient recevoir dans leur bric-à-brac des clients curieux, qui s'enthousiasmaient parfois d'y découvrir des objets du passé, tels que d'antiques râpes à fromage, moulins à café, batteries de cuisine en métal, marmites en terre, pots de chambre en porcelaine. Et un jour, un étranger passant par là leur avait assuré qu'ils auraient fait fortune en Amérique.

En attendant, ce n'était pas un ultimatum qui m'attendait à la poste, mais une épaisse enveloppe contenant nos billets d'avion pour le Québec. Melchior n'avait pas tardé.

Comme une idiote, sitôt sortie du bureau, j'ai vérifié que celui de Thomas se trouvait bien dans le lot. Et j'ai souri en y découvrant celui de Gribouille en soute. Ce pauvre « Gribouillis » trop beau pour voyager en cabine.

De retour à « la Buissonnière », j'ai commencé par envoyer à mon frère un message de remerciements puis j'ai étalé les billets sur la table basse du living afin que les enfants aient la surprise en rentrant.

Et leur bonheur – surtout celui de « trop beau pour être vrai » – ne m'a pas déçue. Pour un peu, si « la patronne » avait été là, il l'aurait embrassée. Ouais !

L'après-midi, j'ai décidé de me rendre à Rennes afin de m'assurer, en leur remettant leurs billets, que mes parents n'avaient pas l'intention de se décommander au dernier moment.

Et j'ai bien fait.

Autour d'une tasse de café, il m'a fallu d'abord les rassurer sur le sort de leur chère quincaillerie. Non, durant leurs trois semaines d'absence, aucun tsunami ou tremblement de terre ne l'emporterait, juré. Et comme ils ne manquent pas d'humour, nous avons fini par en rire ensemble.

Leurs rires se sont éteints lorsqu'ils m'ont parlé des cambriolages qui ne cessaient d'augmenter. De ces petits caïds qui s'introduisent dans les magasins pour les piller, ne laissant que ruine derrière eux. Y avais-je pensé ?

Bien sûr ! La violence, on ne parlait que d'elle dans la presse et à la télé. Mais qu'ils ne me disent pas que, dans leur boutique, ils n'avaient pas de quoi se prémunir contre toute tentative d'intrusion : verrous sophistiqués, caméras diverses, alarmes, vidéo-surveillance. Tous produits dont ils vantaient chaque jour l'efficacité à leurs clients. Alors, plutôt que de se plaindre, qu'attendaient-ils pour s'équiper ? Tenaient-ils vraiment à être, comme on dit, « les cordonniers les plus mal chaussés de leur rue » ?

Et là, maman m'a bluffée. Elle est allée chercher une loupe, m'a arraché son billet d'avion des mains et l'a plaquée sur les mots magiques : « Première classe ». Croyais-je que c'était pour rien qu'elle s'appelait « Reine » ? On allait voir ce qu'on allait voir, elle serait bientôt la cordonnière la mieux chaussée de la rue, pardon du quartier – pardon, de la ville. Et elle a envoyé valser ses gros chaussons de laine à carreaux. Et bien sûr, suivie par le roi.

Un peu plus tard, je leur ai proposé de venir les chercher le 14 dans la journée pour qu'ils puissent profiter du feu d'artifice, qui s'annonçait géant. Mais là, leur *niet* a été sans appel.

Grâce au ciel.

– 56 –

Et il est là, le 14 juillet : vingt-cinq degrés au réveil, trente-trois prévus pour le soir. Le feu d'artifice s'annonce brûlant.

Je sais, je sais, la sécheresse sévit, le sol a besoin d'eau et c'est peine que de voir les agriculteurs contempler, accablés, un peu de terre poussiéreuse dans la paume de leur main. Mais si le ciel pouvait se montrer clément jusqu'à la fin des festivités…

À « la Buissonnière », nous nous préparons à la fête. J'ai commencé par suspendre un drapeau tricolore à la fenêtre. Il ne faudrait quand même pas oublier qu'aujourd'hui on célèbre la naissance de la république. La république passe totalement au-dessus de la tête des enfants. Pam a un problème autrement important à résoudre : quelle tenue mettra-t-elle au bal qui clora les réjouissances ? La voyant hésiter devant un tas de vêtements répandus sur le sol de sa chambre, je me suis risquée à lui conseiller de troquer ses sempiternels shorts effrangés et ses tee-shirts informes contre une délicieuse jupette, débardeur assorti, inaugurés il y a quelques mois lors d'une parade à son école. Elle m'a regardée d'un air lassé : « Maman, j'n'ai plus cinq ans. »

Lucas, lui, c'est le feu d'artifice qui le branche. Et ses mines de comploteur, laissant à craindre qu'avec ses copains ils ne se soient procuré quelques-uns de ces pétards interdits aux mineurs qui emportent chaque année la main d'enfants inconscients. Comptez sur moi pour veiller.

Quoi qu'il en soit, comme le 31 décembre, ils auront permission de minuit, à condition de frapper à ma porte en rentrant pour me rassurer.

Ma journée à moi ?

À dix heures, ce matin, je suis allée chez le coiffeur et, à mon retour, ma fille a daigné me féliciter : « Maman, t'es trop belle ! »

Si elle savait pour qui…

Pendant le déjeuner, elle et son frère m'ont avertie qu'ils ne dîneraient pas là, préférant pique-niquer avec leurs copains en attendant le feu d'artifice : OK.

L'après-midi m'a semblé interminable. Concours de jardins le 18, j'ai révisé un programme connu par cœur et bavassé avec des voisins pleins d'espoir.

– Sûr qu'on va gagner, Élisa !

– Sûr. La gloire nous attend.

Le téléphone n'a pas sonné.

Vers 19 heures, les enfants envolés, après avoir, avec mon autorisation, pillé le réfrigérateur pour leur pique-nique, je me suis plongée dans un bain moussant – gare à la coiffure – où j'ai mijoté un bon moment, en rêvant – devinez à qui ?

Puis le moment est venu de revêtir la robe, soigneusement choisie pour ce jour, ou plutôt pour ce soir, en tissu bleuté doublé gaze, décolleté plongeant, boutonnée devant. Soutien-gorge en dentelle assorti.

Il est rare que je me maquille : deux pois de crème sur les joues, un nuage de poudre sur le nez. Ce soir, ça a été le grand jeu : fond de teint rose pailleté, poudre assortie, rouge à lèvres gourmand et mascara – cils démesurés, qui m'a donné, m'a-t-il semblé, un regard plus profond, mystérieux. Sans oublier un p'tit jet de parfum – grand couturier –, cadeau de Noël. « Mention très bien », m'a adjugé le miroir, tandis que les paroles d'un célèbre poète me revenaient : « Mignonne, allons voir si la rose… »

Les villages voisins ayant tenu à participer financièrement au feu d'artifice, très onéreux, la place était noire de monde. Quand j'y suis arrivée, vin et champagne coulaient à flots. Qui m'a offert ma première coupe ? Félicien Tissier, pardi, le hasard faisant bien les choses. Et devinez à quoi nous avons trinqué ?

– 57 –

La seconde coupe, je ne m'en souviens plus très bien, trop occupée à chercher mes Deux dans la foule. Et, avant que je ne les aie trouvés, la première fusée a jailli dans le ciel, suivie par d'autres et d'autres encore, saluées par les « Ah » et les « Oh » de rigueur, relayées par des gerbes, des drapeaux, des oriflammes tellement beaux qu'on en avait les larmes aux yeux. Jusqu'au bouquet final qui a fait exploser le ciel, gravant sur les visages renversés un bonheur d'enfant.

Suivant la foule, je me suis dirigée vers l'estrade où s'installait le petit orchestre chargé de nous faire danser. Des vieux de la vieille qu'il me semblait avoir toujours vus là : un accordéoniste, un guitariste, deux batteurs et aussi une chanteuse, tapotant son micro.

– Vous êtes bien belle, madame !

Thomas, enfin.

Réprimant les battements de mon cœur, je me suis approchée de lui.

– Vous êtes bien beau, monsieur.

Une élégante chemise à rayures, un pantalon de toile claire, un blazer bleu marine malgré la chaleur, et des souliers cirés.

– C'est pour te faire danser, mademoiselle.

Et, sans attendre ma réponse, il m'a entraînée sur la piste où l'orchestre venait d'entamer un premier morceau : un slow.

Un slow, alors qu'aujourd'hui on lui préfère ces danses où chacun se trémousse en face de l'autre sans se toucher. Pas pour moi !

C'est la première fois que je danse avec Thomas. La première fois qu'il me prend dans ses bras pour le plaisir, pas pour calmer une douleur. Avec Hervé, il nous arrivait souvent de danser. Il adorait ça et c'était un champion du tango argentin et du paso doble. Il m'avait surtout appris à ne pas trop écraser les pieds de mon partenaire.

J'ignore si Thomas est un champion, mais une griserie m'envahit. Oh, merci à mes parents d'avoir préféré rester chez eux. Et tant pis pour les mauvaises langues, ceux qui voient le mal partout, je me laisse aller contre lui et j'appuie ma joue à la sienne.

« Joue contre joue » : les paroles d'une rengaine d'autrefois. Mais ce sont celles d'une chanson d'Édith Piaf, qui me reviennent en mémoire

Le ciel bleu, sur nous peut s'effondrer
Et la terre pourrait bien s'écrouler,
Peu m'importe si tu m'aimes…

Et soudain je sais, je sens, par tous les pores de ma peau, toutes les fibres de mon âme, que ce soir nous ferons l'amour. Et je me serre plus fort contre Thomas, qui murmure « oui » à mon oreille comme s'il avait compris et qu'il soit d'accord.

Avant que le ciel ne s'effondre vraiment.

À quelques pas de nous, en longue robe sombre, foulard noir sur ses longs cheveux blancs, comme une sorcière, Folcoche nous fixe d'un regard haineux.

Tremblant de tous mes membres, j'arrête de danser, me sépare de mon cavalier, bredouille : « Regarde, Thomas, elle est là. »

Impérieux, impérial, il s'empare de mon bras et ordonne : « Viens, emmène-moi chez toi. »

– 58 –

Maison éteinte. Bien sûr, les enfants n'étaient pas encore rentrés. Quelle heure ? Même pas 23 heures.

J'ai emmené Thomas directement dans ma chambre. C'était étrange, mais j'avais l'impression que chacun de mes gestes : ouvrir cette porte, allumer la lampe sur la table de nuit, revenir vers lui, lui offrir mes lèvres, je l'avais déjà accompli.

Dans mes rêves ?

Il a lancé son blazer sur le dossier du fauteuil crapaud où il m'arrivait de m'asseoir pour lire un moment avant de me coucher. Il m'a prise dans ses bras et il a posé ses lèvres sur les miennes.

Je ne savais pas qu'un baiser pouvait durer si longtemps. D'abord un effleurement, comme d'une aile de papillon, puis les bouches s'ouvrent et les langues s'en mêlent, s'entremêlent, en une sorte de jeu qui fait monter la chaleur, ainsi qu'un prélude à l'amour.

Et c'est moi qui ai pris la main de Thomas et l'ai mené vers le lit.

Un à un, il défaisait les boutons de ma robe, en ouvrait les pans, s'attardait sur le soutien-gorge en dentelle, puis sur la culotte « petit bateau ». Ces culottes qui faisaient rire Claude. Et un jour, elle m'avait dit : « Sais-tu que, sous la femme, les hommes aiment à découvrir la petite fille ? »

Et n'allez pas me parler de pédophilie, comme un certain ayatollah de la pensée unique ; quand je me donne à Thomas, je me donne aussi au petit garçon sensible et vulnérable qu'il était, faute de mère à la hauteur.

Mais qu'est-ce qui me prenait d'évoquer Claude en un tel moment ? C'est que, si elle ne m'avait pas balancé un jour : « T'es aveugle ou quoi, il t'aime », sans doute ne serais-je pas là aujourd'hui.

Alors qu'il m'entraînait enfin sur le lit, rejetant l'antique édredon, j'ai voulu éteindre la lumière, mais sa main m'en a empêchée.

– Je veux te voir, je veux nous voir, a-t-il soufflé d'une voix changée.

Je ne savais pas qu'on pouvait faire l'amour en pleine lumière, frissonner en voyant le visage de l'autre se défaire peu à peu, se découvrir une sorte de pouvoir, mêlé d'abandon.

À présent, il dégrafait mon soutien-gorge et j'avais peur qu'il ne trouve mes seins trop petits – arrête, Simplette, tes seins, il les a vus cent fois à la piscine ou sur la plage.

De ses doigts épais de bûcheron, qui savaient se faire si doux, si délicats, il en caressait l'aréole, en faisait se dresser le bouton, me retirant peu à peu mes forces, me rendant délicieusement vulnérable, à sa merci.

À mon tour, je caressais son torse parsemé de poils bruns. Et lorsque j'ai posé mes lèvres, un gémissement lui a échappé.

Puis, appuyé sur un coude, penché sur moi, il découvrait mon nombril, entouré de grains de beauté qui faisaient rire maman.

– Ma constellation, mon amour, a-t-il murmuré.

« Mon amour », pour la première fois.

Quand ses doigts sont descendus, descendus, jusqu'à un autre bouton, lui aussi dressé, qu'ils s'y sont attardés, encore, encore, et qu'une source tiède, une petite marée, s'est échappée de mon sexe, le plaisir a été tel que je me suis entendue crier : « VIENS. »

Il est venu en moi, il m'a pénétrée, je l'ai entouré de mes bras et ai commencé cette danse sauvage, brûlante, entre deux corps, deux êtres soudés par la jouissance.

Je ne savais pas que, pendant l'amour, les hommes peuvent prononcer des mots de pirates, de corsaires, de soudards, de prédateurs. Que les femmes ne savent y répondre que par des supplications : « Encore, encore, encore, surtout n'arrête pas, ne me quitte pas. Jamais. »

Et vient le moment de non-retour où, sur la crête de la vague, on sait que rien, personne ne pourra en empêcher le déferlement. Ce trop bref instant dont on voudrait qu'il dure toujours, tout en en exigeant l'accomplissement. Avant d'être soulevée, emportée, noyée par le plaisir. Mourir.

Je reposais, la tête au creux de l'épaule de mon amant, mon amour, en lui chuchotant qu'il était le premier. Oui, jamais avant lui...

Il me serrait fort dans ses bras, en prononçant des mots de conte de fées. Dès le premier regard, il avait su que c'était moi, avec ma fraîcheur, ma naïveté, et le regard timide que je portais sur lui et sur la vie. Alors que jusque-là, jusqu'à moi, il n'avait connu que des guerrières, des femmes qui en exigeaient toujours plus, dans tous les domaines. Et parfois, cela peut rendre un homme impuissant.

Je lui répondais qu'il était l'homme de ma vie, avec sa tendresse mais aussi sa force et cette détermination qui émanait de lui et me rassurait. Tant qu'il serait là, les enfants et moi serions à l'abri.

Puis j'osai lui parler d'Hervé, lui dire que je l'avais aimé, vraiment. Qu'avec lui, l'amour était une fête joyeuse, mais trop brève et qui me laissait sur ma faim, une faim qu'il avait su combler ce soir. Et j'osai aussi lui dire que, de là-haut, j'étais sûre qu'il nous souriait.

Quelle heure était-il ? Quel jour ? Quel mois ? Quelle année ? Qu'importait ? Plus rien ne comptait, que nous.

Et puis la porte s'est ouverte à toute volée et les enfants sont apparus.

– Maman, regarde, on a une surprise pour toi.

– 59 –

Tous deux se sont figés, puis Pam a dit, d'une toute petite voix : « Bonne nuit » et elle a refermé la porte sans bruit, sans la claquer, en même temps que Lucas ajoutait : « À demain. » Puis, plus rien.

Il y a des silences désirés, bienvenus, qui nous permettent de nous ressourcer. Celui qui s'est abattu dans la chambre, s'ajoutant au silence qui régnait sur la place, indiquait que la fête était finie, bien finie, et je me suis effondrée en larmes.

– Mais non, mon cœur, ne pleure pas, je t'en supplie, s'est écrié Thomas. N'as-tu pas vu le regard des enfants ? Bien sûr incrédule, stupéfait, mais sans l'ombre d'un reproche. Et n'as-tu pas entendu leurs paroles : « Bonne nuit ! », « À demain », sans la moindre animosité, un rendez-vous pour nous dire qu'ils ne nous en voulaient pas, que tout allait continuer comme avant.

Je n'ai pas répondu : oui, peut-être, sans doute Thomas avait-il raison. Mais découvrir leur mère dans les bras de leur oncle, le frère de leur père, n'était-il pas forcément un choc, une blessure, une souffrance ?

J'ai essuyé mes yeux avec un coin de drap et rassemblé mes forces

– D'accord, Thomas, je te crois… Mais il me semble que tu devrais t'en aller, rentrer chez toi, pour que les enfants ne te trouvent pas là quand ils se réveilleront demain. Quitte à revenir plus tard.

Demain ? Mais nous SOMMES demain, m'a fait remarquer Thomas avec un faux entrain.

Il a tapoté sa montre : « Demain plus très exactement neuf minutes. Et si tu veux vraiment que je parte, c'est d'accord. Mais pas avant que tu m'aies laissé t'expliquer que ce serait la pire des solutions. »

J'ai incliné la tête : OK. Il m'a souri et il s'est levé : « Juste une petite minute pour aller chercher à boire. Toi, je ne sais pas, mais moi, je meurs de soif ; certains disent que c'est l'amour. »

Il est passé dans la salle de bains et il est revenu avec deux verres d'eau. Il m'a tendu le mien et a vidé le sien d'un trait. J'ai bu quelques gorgées avec difficulté.

– Voilà, a-t-il commencé. Si je décampe comme un coupable – coupable de quoi, de t'aimer ? –, qu'en concluront les enfants ? Que nous avons commis une faute et que nous nous en repentons – pardon, on ne recommencera plus. Ce qui, pour eux, voudra dire très exactement que nous avons décidé d'en rester là, de ne plus nous voir. Baby, est-ce vraiment ce que tu veux, Élisa ?

Mais non, bien sûr. Jamais de la vie. Comment Thomas pouvait-il penser une chose pareille ? après la nuit fabuleuse que nous venions de passer : tous ces mots, ces paroles d'amour qui rimaient avec « toujours ». M'étais-je mal fait comprendre ?

« Parfois, mademoiselle ne voit pas plus loin que le bout de son nez », s'amusait à me blaguer Melchior autrefois.

Comme « madame » aujourd'hui ?

– Alors que ça fait belle lurette que les enfants ont compris et accepté que nous nous aimons, a-t-il repris d'une voix ardente. N'est-ce pas Pam qui a demandé que je vienne avec vous au Québec ? Tu as même dansé de joie quand j'ai dit « oui », dansé devant tout le monde. Et, si je m'en souviens bien, tu as été applaudie. Et n'est-ce pas Lucas qui a demandé, ou plutôt « exigé » que je sois présent à chaque sortie, chaque événement important, en disant que, sans moi, la fête ne serait pas la fête ? Veux-tu d'autres exemples ?

Non, il avait raison. Pour les enfants, Thomas et moi, une affaire réglée. Coucou, Simplette.

J'ai posé mon verre sur la table de nuit, j'ai fait de même avec le sien, puis j'ai éteint la lumière, j'ai attiré mon homme contre moi et je me suis pelotonnée dans ses bras, c'est tout.

N'avions-nous pas la vie pour nous aimer ?

– 60 –

Dire que j'ai bien dormi serait mentir : une succession de petits sommes, brusquement interrompus par la vision de Pam et Lucas, ouvrant la porte de la chambre. Mais quelle importance en regard de ce qui s'était passé entre nous ? Et comment avais-je pu oublier la promesse des enfants, réitérée chaque année, de rentrer au plus tard à minuit, et de frapper à ma porte pour me rassurer ?

M'ont réveillée aussi les souvenirs doux et brûlants de l'amour avec Thomas, et de ma découverte d'un plaisir encore jamais éprouvé jusque-là. À la fois joyeux, tendre, absolu.

Dire que Thomas a bien dormi serait mentir. Il n'a guère cessé de se tourner et retourner dans le lit, et me serrer dans ses bras en murmurant des mots d'amour rimant avec « toujours ».

Il était un peu plus de 7 heures, et je piaffais depuis un bon moment, quand nous nous sommes levés. Après une brève toilette, Thomas a remis ses vêtements de la veille, je me suis contentée d'enfiler mon peignoir habituel, et nous sommes passés à la cuisine.

Silence complet dans la maison : dimanche, vacances. Même traumatisés par leur « découverte de minuit », peu de chances de voir les enfants débarquer.

J'ai ouvert la porte à Gribouille, qui a dansé sans états d'âme autour des pieds de Thomas. Et j'ai préparé sa pâtée dans la gamelle à son nom : riz complet et boulettes de viande. Son seul repas de la journée, oui Melchior !

Puis, alors que Thomas s'occupait du café, j'ai mis le couvert et sorti du réfrigérateur : jus de fruit, pain brioché, beurre et confiture – que j'aime à déguster fraîche. J'y ai ajouté du miel et nous nous sommes attablés.

Huit heures venaient de sonner et nous avions presque terminé quand les enfants sont entrés, tous deux pieds nus et en pyjama.

– Salut la compagnie, a lancé drôlement Lucas.

– Coucou les amoureux, y est allée Pam.

Et elle a posé sur mon assiette un minuscule sachet transparent.

– De notre part à tous les deux, a-t-elle annoncé. Tu peux l'ouvrir.

J'ai ouvert le sachet et j'y ai découvert une bague en forme de cœur. Le genre de bijou de pacotille qui tombe d'une sorte de machine à sous après qu'on a glissé une piécette dans sa fente, en abaissant la manette une bonne centaine de fois. Et encore, avec de la chance.

– Si ça va pas, tant pis, impossible de la changer, m'avertit mon fils alors que sa sœur s'emparait de ma main et tentait de la glisser à l'un de mes doigts.

Et là, le miracle ! La bague était faite pour mon annulaire : le doigt de l'anneau de fiançailles… de mariage…

– Et, pour le fiancé, pas de bague ? Rien ? a feint de s'indigner Thomas alors que je l'assassinais du regard. Et les enfants ont ri et applaudi.

À un futur mariage ?

Comme d'hab', ils ont négligé de mettre leurs serviettes, brodées à leurs prénoms, préférant utiliser leurs doigts. Comme d'hab', ils ont renâclé à boire leur jus d'orange – gage de santé. Et ont engouffré une montagne de tartines beurrées-confiturées, trempées dans leur chocolat au lait, en s'en mettant jusqu'au coude.

Et, comme d'hab', ils se sont bagarrés à propos de tout et de n'importe quoi, juste pour le plaisir.

– Des projets pour la journée ? s'est enquis Thomas.

– Journée pourrie, a répondu Lucas en pointant du doigt un ciel grisâtre. Un temps à se faire une toile.

– Et, après la toile, un restau, a enchaîné Pam.

– Puis-je proposer ma vaillante Torpédo pour le transport ? a demandé Thomas, déclenchant un rire général.

Et ça a été tout.

Pas besoin d'agir comme si rien n'était arrivé, les enfants s'en étaient chargés.

– 61 –

Neuf heures trente. Les laissant discuter avec Thomas de la question cruciale « restau avant ou après la toile », je me suis enfermée dans la salle de bains, j'ai sorti mon portable et fait couler l'eau de la douche pour n'être pas entendue de ma « curieuse ».

Il a fallu plusieurs sonneries avant que Melchior ne décroche.

« C'est touai la p'tite sœur ? Me dis pas qu'à c'tte heure tu vas m'annoncer du mauvais », et je l'ai entendu bâiller.

« À c'tte heure » ? Mon Dieu, j'avais zappé le décalage horaire. Neuf heures trente ici, 3 h 30 à Hamilton.

– Oh pardon, pardon de te réveiller, Melchior ! J'ai oublié l'heure. Mais au moins, c'est pas pour une mauvaise mais pour du bon, que je t'appelle, j'ai tenu ma promesse : les enfants sont au courant pour Thomas et moi.

– Et ça s'est passé comment ? Pas trop gratiné ? s'est enquis mon frère.

– Super gratiné au contraire, vu qu'ils nous ont surpris, le bûcheron et moi, dans le même lit.

Et là, le rire de Melchior a failli me faire lâcher mon portable.

– Alors, les épousailles c'est pour quand ? m'a apostrophée soudain la voix de la « patronne ».

Et comme je tentais de reprendre mes esprits, elle m'a, à nouveau, coupé le souffle.

– J'me doute qu'avec la belle-doche, ça va pas se passer comme ça. Mais tu dois savoir qu'on est derrière touai, les bras grands ouverts.

– Merci, Mahaut, ai-je bredouillé. Mais comment sais-tu pour la belle-doche ? n'ai-je pu m'empêcher d'ajouter.

– Ça, faudra t'y faire, l'Élisa, l'frérot et mouai, on n'a pas de secrets l'un pour l'autre. Même qu'il m'a glissé dans le creux de l'oreille, que le jour où les noces seraient sur les rails, il t'offrirait ta robe de mariée, froufrous et tout.

L'émotion m'a serré la gorge. Cette robe – sans froufrous –, oui, il m'était arrivé d'en rêver. Je m'étais vue, la revêtant, aidée par maman. Je m'étais imaginée, entrant dans l'église Saint-André, au bras de papa. J'avais entendu sonner les cloches et prononcé un « OUI » retentissant lorsque le père François m'avait demandé si j'étais d'accord pour épouser Thomas Genévrier : « pour le meilleur et pour le pire ».

Mais sans jamais y croire vraiment.

– Dis donc, t'es toujours là, la petiote ? a demandé la patronne », inquiète de mon silence.

– Oh, pardonnez-moi, je crois bien que j'étais en train de rêver.

– Eh bien, j'm'en vais t'laisser à tes songes et en faire des vrais sous ma couette à mouai, a conclu Mahaut, avec un nouveau bâillement. Et elle a raccroché en oubliant de me repasser Melchior, déjà en pleins rêves ?

Quatre paires d'yeux incrédules m'ont accueillie au sortir de la salle de bains.

– Toi, on dirait que tu as zappé la douche, a rigolé Thomas.

– Et laissé l'eau couler pour rien, en a rajouté Pam.

– Pas pour rien, pour pas qu'on l'entende, a aboyé mon écolo en montrant le portable qui dépassait de ma poche.

Thomas lui a adressé un sourire apaisant.

– Même les mamans ont le droit d'avoir une vie privée, a-t-il remarqué. Et si tu veux savoir, j'aimerais, autant que toi, bien qu'elle nous révèle le nom de son interlocuteur.

Sujet clos ? Hum…

Au moins, le problème « restau avant ou après la toile » avait été réglé.

Pour commencer, nous nous régalerions d'un film bien sanglant, plein de bruit et de fureur : *Kill Bill*. Puis nous dégusterions un « hot dog 3 étages », spécialité du McDo voisin. La recette ? Premier étage : viande hachée, oignons frits et ketchup dégoulinant. Deuxième et troisième étage *idem*, accompagné de frites, coca et rugissements permanents.

Bref, la totale. Ma fête.

– 62 –

Vendredi 12 juillet, veille de concours. Cette nuit, j'ai dormi seule, Thomas étant allé à Rennes, pour un rendez-vous de travail important, suivi d'un dîner festif, arrosé de grands crus, qui lui interdiraient de prendre le volant pour rentrer dormir à Montreuil.

Mon raisonnable Thomas.

Mon fougueux Thomas, dont les caresses m'ont manqué.

Sitôt levée, j'ai pris des nouvelles du ciel. Et alors que Miss Météo nous avait promis un week-end bleu-bleu, voilà qu'une escouade de nuageons le traversait allègrement. Brusquement, le doute m'a saisie. Imaginez qu'il pleuve demain sur les jardins ? Faisant ployer les tiges des fleurs, alourdissant leurs pétales, effaçant leurs couleurs ? Imaginez le digne président du jury et ses adjoints faisant leur visite sous des parapluies, leurs beaux souliers cirés maculés de boue ?

Mais qu'est-ce qui te prend, Élisa ? Trois nuageons et tu vois aussitôt le pire. Pourquoi ne pas annuler le concours pendant que tu y es ?

Allez hop, debout ! Une belle journée t'attend.

Les enfants dormaient encore lorsque j'ai démarré au volant de ma « Captur » pour me rendre chez Julien, au « Clos joli », afin d'y choisir ma rose. Trente kilomètres ; une petite demi-heure de trajet sous un ciel radieux, en me moquant de moi et me remémorant la joyeuse journée qui m'attendait : déjeuner avec Thomas et les enfants, saut à Rennes pour y chercher mes parents, réunion à la mairie, et quoi d'autre encore ?

Julien guettait mon arrivée, tout guilleret. Il a tenu à m'offrir un café dans la grande cuisine de son manoir – un héritage de famille. Il y vivait seul et, un jour où je lui avais demandé pourquoi il n'avait pas songé à fonder une famille, il avait ri.

– Une famille, ça commence par une femme, ma chérie. Alors que je suis pris jour et nuit, cœur, corps et âme, par mes « Délicieuses ».

Et il avait désigné ses plantations. « Crois-tu que la malheureuse le supporterait ? »

« La malheureuse »... La tentation m'est venue de lui parler de moi. Moi, l'heureuse, la comblée, entre Thomas et mes « Deux ».

Mais le moment était venu de choisir mon Ombella.

Elles occupaient un plein parterre, toutes aussi ravissantes les unes que les autres. Julien m'a tendu un sécateur : « À toi de jouer. » Et soudain, ma main s'est crispée : et celles que je ne choisirais pas, que je laisserais de côté, avec lesquelles je ne jouerais pas ? N'allaient-elles pas m'en vouloir ?

Devinant mes états d'âme, Julien m'a repris le sécateur et, d'un geste bref, précis, il a coupé une fleur au hasard. Et toutes les autres ont applaudi.

J'avais oublié qu'une rose est incapable de jalousie. Elle se « sait la plus belle ».

De retour à la cuisine, Julien a soigneusement emmailloté la tige de mon Ombella dans un chiffon mouillé.

– Sitôt chez toi, tu la places dans un vase, avec juste assez d'eau pour étancher sa soif.

Ça, je le savais. Et aussi qu'une fleur, trop gâtée en eau, risque de dépérir, victime de sa propre gourmandise.

Quand j'ai demandé à Julien ce que je lui devais, il m'a répondu : « Une invitation à venir demain chez toi, pour assister à ton triomphe. »

D'accord, sur toute la ligne.

Les enfants m'attendaient, bien réveillés cette fois, quand je suis rentrée à la maison.

Ils se sont jetés sur moi et m'ont demandé si j'étais d'accord pour qu'ils aillent pique-niquer au bord de la mer – Dinard – avec des copains. Le père de l'un d'eux se chargerait des trajets... J'ai dit « oui » avec un petit pinçon au cœur : auraient-ils oublié l'importance de cette journée pour moi ?

Alors que je démaillotais ma rose avec précaution, Pam a poussé un cri.

– Maman, t'as vu ?

Elle désignait les quatre épines, dressées sur la tige de mon Ombella, quatre « griffes » comme celles qui ornent la rose du Petit Prince, et que mes yeux, embués, m'avaient empêchée de voir.

– Ta rose, elle est mille fois plus belle avec ses épines, tu trouves pas ? a-t-elle exulté.

Et là, j'ai autorisé mes larmes à couler : le Petit Prince ne pleure-t-il pas, en s'adressant à sa Princesse ?

– 63 –

Les enfants venaient de partir pour Dinard avec leur pique-nique quand Thomas est rentré. Il a tout de suite voulu voir ma rose, et ça m'a fait plaisir. Je l'ai emmené dans la belle chambre, celle où mes parents dormiraient cette nuit, et où je l'avais mise pour leur faire la surprise et, sans que je lui en parle, il a remarqué ses épines.

– Les tigres n'ont qu'à bien se tenir, a-t-il grondé, ongles dressés, et je lui ai sauté au cou.

À Rennes, il avait décroché un joli contrat pour son entreprise dont je l'ai abondamment félicité. Mais alors que nous picorions les restes du pique-nique, je n'ai pu m'empêcher de lui raconter ma déception en constatant que mes enfants avaient tout simplement zappé l'importance de cette journée pour moi.

Gentiment, Thomas m'a réconfortée : contrairement à ce que j'imaginais, mes Deux s'intéressaient beaucoup à mon jardin. Pam n'avait-elle pas, à plusieurs reprises, invité ses copines à venir l'admirer ? Lucas s'était-il privé d'espionner ceux des autres concurrents afin de s'assurer que le nôtre était le plus beau ? D'accord ?

Et même tellement d'accord, tellement heureuse d'avoir cet homme dans ma vie, que je l'ai emmené *manu militari* dans ma chambre pour donner à cette histoire la conclusion qu'elle méritait.

L'après-midi, je me suis rendue à Rennes pour y chercher mes parents, comme prévu. Ils avaient déjà suspendu l'écriteau « FERMÉ » à la porte. Et, à ma grande surprise, mon plaisir, ils s'étaient mis sur leur trente et un. Papa arborant une chemise bleu ciel avec un beau nœud papillon, couleur soleil. Maman égrenant un joli tailleur en cotonnade fleurie.

Durant le trajet, elle, d'ordinaire si discrète, m'a posé mille questions sur le déroulement de la soirée, et je lui ai appris qu'à 18 heures nous nous rendrions à la mairie où aurait lieu le tirage au sort pour savoir dans quel ordre les jardins seraient visités.

Ce tirage au sort, mon Dieu, on ne parlait que de lui depuis des jours, chacun se livrant à des calculs, des paris, des pronostics, souvent absurdes. Genre : valait-il mieux être le premier ou le dernier à être visité ? Pourquoi pas au milieu ? Et comme 15 n'a pas de milieu, les chiffres 6 et 7 avaient la cote. On se serait cru sur un champ de courses, pariant sur des chevaux.

En ce qui me concernait, Thomas avait résolu le problème en me rappelant, avec une feinte indignation, que j'étais née un 4 juillet. Ce chiffre s'imposait donc.

Avant de nous rendre à la mairie, nous avons fait une halte à la maison. Et, comme mes parents s'étonnaient de ne pas y trouver les enfants, je leur ai raconté qu'ils étaient à Dinard avec des copains et ils n'ont pas eu l'air plus étonnés que ça. Mais lorsque maman a trouvé dans sa chambre la magnifique rose qui, demain, ornerait le jardin, elle s'est déclarée émue et honorée.

« Tout le plaisir est pour moi », lui a répondu la rose en battant des pétales.

Une atmosphère d'excitation intense régnait dans la salle des fêtes lorsque nous y sommes arrivés. Sur l'estrade, entouré du jury, Félicien me faisait signe. Je me suis faufilée jusqu'à lui, il m'a tendu la main et je l'y ai rejoint, le cœur battant.

Peu après, il empoignait le micro.

– Bonsoir à vous tous, a-t-il lancé. Et merci d'être venus si nombreux pour accueillir le prestigieux jury qui décernera le prix du plus beau jardin. Quinze concurrents sont en lice comme vous le savez. Applaudissons-les.

Des applaudissements nourris ont retenti dans la salle. Et le regard fier de mes parents sur moi m'a comblée.

Puis Félicien s'est tourné vers un homme impressionnant dans la soixantaine, visage énergique, menton haut, regard bleu perçant.

– Je vous présente Jean-Philippe de Baulieu, le président du jury, a-t-il annoncé avec respect. Professeur émérite en botanique à Rennes, titulaire d'une agrégation de sciences naturelles, il soutient en outre de nombreuses associations dédiées à la nature.

Interrompant d'un geste les applaudissements, le président a déclaré que, tout simplement et comme toutes les personnes présentes ici, il s'efforçait de relever le défi du siècle à venir : le réchauffement climatique et la préservation de la faune et de la flore. Et là, un vent de fierté est passé.

Puis Félicien a nommé les trois autres membres du jury : deux femmes et un homme – parité oblige – Mme Geneviève Dulac, géographe, Mlle Constance Paillet, puéricultrice, et enfin

Bertrand Cousin, recommandé par Stéphane Bern.

Le moment du tirage au sort était venu.

Les noms des quinze concurrents avaient été inscrits sur les bouts de carton et placés dans un chapeau. C'est une main innocente, celle d'un garçonnet de sept ans, bon élève à l'école, qui a été chargée de la tâche. Il a tiré un à un les cartons du chapeau en lisant, d'une voix haute et claire, le nom inscrit dessus. Le mien est arrivé quatrième ! Quatre comme la date de ma naissance. Un clin d'œil du destin ?

– 64 –

Les enfants étaient là quand, vers 20 heures, je suis rentrée à la maison. Leurs vêtements couverts de sable, leurs nez rougis, et des étincelles plein les yeux.

Désireux de se racheter de m'avoir lâchée en ce jour si important pour moi, ils m'ont posé mille questions sur mon après-midi à la mairie. Tout s'y était-il bien passé ? Et surtout, dans quel ordre mon jardin serait-il visité ?

– Nous serons les quatrièmes, a répondu sobrement Thomas.

– Mais c'est bon : ça ! s'est emballée Pam. Quatrième comme le quatre de l'anniversaire de maman.

Et son frère a daigné applaudir lui aussi, sous le regard ravi de son parrain.

Bref, c'est dans ce joyeux bordel que nous avons reçu une visite inattendue : celle de Georges, mon beau-père, mari d'Édith.

Cela peut paraître incroyable, mais je ne me souvenais pas de l'avoir jamais vu chez moi. Même à l'époque de mon mariage avec Hervé. Toujours une bonne excuse pour refuser nos invitations.

– C'est à cause de « l'autre », pestait Hervé, furieux.

« L'autre », Folcoche bien sûr, qui n'avait jamais accepté l'entrée dans la famille d'une « parvenue », une intrigante uniquement intéressée par sa fortune.

Cheveux blancs, visage marqué, dos courbé comme par le poids de la vie, j'ai trouvé Georges vieilli. Quant à ses vêtements : pantalon de velours, pull informe et mocassins élimés, ils avaient cent ans.

Il a adressé un bref sourire à mes parents et m'a serré brièvement la main.

– Pardon, Élisa, mais je n'ai pas pu résister à l'envie de venir admirer votre jardin, a-t-il récité comme un couplet appris par cœur.

Puis il a adressé un sourire embarrassé à Thomas et aux enfants : « Et vous ? Ça va ? »

Et les enfants, qui n'avaient rien à lui reprocher, sinon sa lâcheté avec leur grand-mère, se sont jetés sur lui : « Grand-père, grand-père. »

Thomas a tourné les yeux vers lui, il a levé son poignet, tapoté sa montre : « Et si tu prenais un verre avec nous ? C'est l'heure de l'apéro, non ? » a-t-il proposé à son père, d'une voix bourrue. « Ça nous ferait vraiment plaisir. »

Durant un bref instant, Georges a paru déstabilisé. Puis : « Non merci, on m'attend. » Et à moi : « Oui, un très joli jardin, Élisa, mais gare aux envieux. » Et il est reparti aussi vite qu'il était venu. Sans avoir accordé un seul regard au « si joli jardin ».

Après un silence interdit, tout le monde s'est mis à parler à la fois, mes parents tentant de calmer les enfants, fous furieux de l'attitude de leur aïeul, Pam près des larmes.

– Mais qu'est-ce qu'il attend pour la virer ? hurlait Lucas.

– Il a trop peur des représailles, a constaté tristement Thomas.

Moi, ce sont les derniers mots de Georges qui m'interpellaient : « Gare aux envieux. » Ils sonnaient comme un avertissement. Qu'avait-il voulu me dire exactement ? Parlait-il de sa femme ? Même si le mot « envieux » paraissait bien faible en regard de la haine qu'elle me portait ! Et « les » envieux, au pluriel ? Des voisins ? Des Montreuillais, de soi-disant amis, jaloux de ma réussite : maison, jardin, enfants ?

« Tu sais, rien de plus répandu que la jalousie, m'avait fait remarquer un jour papa. À croire qu'en étant un peu plus heureux tu voles une part de bonheur aux autres. » Parlant d'expérience ?

Plus tard, nous avons disposé ensemble, aux endroits prévus, les figurines dans le jardin. L'allumeur de réverbère, le serpent et le renard, le mouton bien sûr. Et, près du portail, le Petit Prince en tenue de gala, sabre au côté.

L'Ombella patienterait cette nuit, sous la bonne garde de maman.

Me restait à aller trouver Gribouille, qui ronflait déjà dans sa niche.

Si vous voulez le réveiller, pas difficile. Il suffit de prononcer le prénom magique de « Melchior ». Et le voilà qui danse autour de vous. Certains appellent ça « la reconnaissance du ventre », pourquoi pas ? Mais là, quand je lui ai dit que je comptais sur lui pour veiller sur le jardin – demain, grand jour –, monsieur s'est vexé. Avais-je oublié qu'un an auparavant il avait sauvé la vie d'un cerf, pourchassé par une meute, qui s'était réfugié chez nous ? Il avait si bien aboyé et montré les crocs, que les bâtards – au demeurant de nobles épagneuls bretons – avaient déguerpi, sans demander leur reste.

C'est du moins ce que j'ai cru entendre dans ses jappements chagrins. Il faut dire que notre relation est particulière : entre nous, on peut même parler d'amour.

Puis, tous devoirs accomplis, j'ai rejoint mon amour d'homme dans ma chambre.

Vite demain !

– 65 –

Et dès 5 h 30, timide lever du soleil, malgré mes bonnes résolutions et une nuit couci-couça, les jambes me démangent tandis que Thomas ronflotte à côté de moi.

Ronflotter, Thomas ? Surtout ne le lui dites pas, il vous répondra que c'est vous. Au contraire de Gribouille qui prend ça pour un compliment.

Je me raisonne : à quoi bon me lever maintenant ? La visite débutant à 9 heures, peu de chances de voir arriver le jury chez moi avant 10 heures, 10 h 30, donc plus de quatre longues heures à patienter en naviguant entre sourire et grimace, sous les quolibets des enfants convaincus de ma victoire et bien décidés à la célébrer.

Tournée vers la fenêtre, je tends l'oreille : aucun bruit de pluie, allez, rendors-toi, Élisa.

Mais imaginez qu'il bruine ? Genre sale petit crachin qui courbe la tige des fleurs, alourdit leurs pétales, efface leurs couleurs ? Sans oublier les figurines, disposées hier soir avec papa et dont le carton risque de s'amollir. Juste un coup d'œil au ciel pour m'assurer qu'il ne me joue pas des tours.

Je me glisse hors du lit avec mille précautions pour ne pas réveiller mon dormeur, vais à la fenêtre à vitesse d'escargot, et entrouvre le rideau. Un pan de ciel gris-bleu me salue, rien de vraiment précis malgré mes efforts ! Il m'en faut un peu plus, et après, promis, je rejoins mon compagnon.

Cette fois, j'ouvre carrément la porte, passe dans l'entrée, traverse la cuisine, sors dans le jardin.

NON !

Je l'ai crié avec toute la force du désespoir.

NON.

Où sont mes fleurs, mes pois de senteur, mes capucines, mes jacinthes, mes bluets ? Où est mon buisson des quatre saisons ? Rien, il n'en reste rien, tout a été piétiné, arraché, saccagé, à commencer par le Petit Prince.

GRIBOUILLE…

Pourquoi n'est-il pas là à me fêter ? Mon regard vole vers sa niche : personne. Mais plus loin, près du portail, cette forme immobile… Je me précipite.

Et oui, c'est bien mon ami, mon compagnon, étendu, inerte sur le gravier. Je tombe à genoux près de lui, caresse le poil mouillé : « Gribouille, Gribouille. » Pas le moindre mouvement, pas un frisson : mort ? Assassiné par celui qui a dévasté mon jardin ?

CELLE.

Car bien sûr, c'est Folcoche la coupable. Je revois Georges hier, balbutiant son « gare aux envieux ». Georges venu m'avertir du danger que représentait ma belle-mère pour moi. Et durant quelques secondes je lui en veux de ne pas avoir été plus clair : mon chien serait vivant. Avant de me reprendre. Comment Georges aurait-il pu savoir à qui sa femme s'en prendrait ? C'est moi qui me suis bouché les yeux et les oreilles, refusant de voir la menace.

Et c'est pour Gribouille, au cas où il lui resterait un souffle de vie, que j'ai trouvé la force de me relever, le soulever dans mes bras et, ployée par l'effort, revenir vers la maison en criant, en hurlant : « Au secours. »

Des lumières se sont allumées et Thomas est apparu le premier. Sans un mot, il m'a rejointe, m'a enlevé mon chien, l'a porté jusqu'à la cuisine, l'a couché dans son panier, a attrapé une poignée de torchons et me les a tendus.

– Réchauffe-le, il a froid.

Avant de s'éloigner, son portable à l'oreille.

« Il a froid »... Ça voulait dire qu'il était vivant. Oh, mon Thomas.

De toutes mes forces, toute mon énergie, j'ai frotté le pelage mouillé, retenant mes larmes, promettant à mon chien de le tirer de là, le venger. Mais Thomas revenait déjà.

– Un vétérinaire sera là dans une quinzaine de minutes. Il a conseillé de ne pas trop le bouger au cas où.

Et j'ai abandonné mes torchons : bravo, Simplette !

Quelques minutes plus tard, les enfants sont apparus. Me voyant agenouillée près de Gribouille, Pam a hurlé : « Maman, qu'est-ce qu'il a ? Est-ce qu'il va mourir ? » Tandis que Lucas se précipitait dans les bras de son parrain.

C'est le vétérinaire qui a répondu à Pam, en débarquant à grands coups de sirène et se dirigeant droit vers elle.

– Comment s'appelle ton chien ? lui a-t-il demandé avec douceur.

– Gribouille, lui a-t-elle répondu, la voix brisée par les sanglots.

– Alors, à nous deux, camarade Gribouille.

Dans un soudain silence, il a d'abord regardé sa langue, puis il a soulevé l'une de ses paupières afin d'examiner son œil et, enfin, il a longuement palpé son ventre.

– Ton chien vivra, a-t-il affirmé en se redressant, mais nous allons devoir l'emmener à la clinique afin de procéder à des analyses toxicologiques, pour savoir quel poison il a absorbé.

– Du poison ? a crié à nouveau Pam. Gribouille a été empoisonné ?

– Et me dis pas que tu sais pas par qui, a hurlé Lucas à son tour. Mais elle va me le payer.

Sans plus chercher à rétablir le calme, les deux hommes ont placé Gribouille sur une civière, ils l'ont emmailloté dans une couverture, puis, après nous avoir promis de nous donner très vite des nouvelles, ils sont repartis.

Thomas m'a prise dans ses bras.

– Je t'aime, ma chérie.

Et, au ton farouche de sa voix, j'ai compris que lui aussi connaissait le nom de la coupable.

C'était allumé chez elle. Bien sûr, elle avait tout suivi. Aurait-elle préféré que Gribouille soit mort, afin de savourer pleinement son acte ? Un désir de vengeance m'a envahie. Oui, qu'elle paye, comme venait de le hurler mon fils… Et de la façon la plus terrible, la plus sanglante qui soit !

Alors qu'à la cuisine, sachant Gribouille sauvé, nous tentions de décompresser, un bruit a attiré notre attention.

Maman descendait lentement l'escalier, tenant respectueusement l'Ombella entre ses doigts.

Tant que vivent les roses.

– 66 –

Sept heures trente. Devais-je appeler Félicien tout de suite ? À cette heure, il était forcément réveillé. Mais lui balancer, comme ça, au saut du lit, la terrible nouvelle, lui apprendre que nous ne participerions pas au concours voulu, organisé, peaufiné par lui me paraissait trop cruel. Sans compter qu'il logeait chez lui le président du jury.

Durant un instant, j'ai songé à contacter Jeanne, sa « forte » femme, pour la charger de la sale besogne, mais non, trop lâche.

Les enfants étaient toujours dans le jardin avec Thomas, constatant les dégâts. Mon pauvre, pauvre Thomas, qui n'avait jamais connu le bonheur d'avoir une mère « aimable », c'est-à-dire digne d'être aimée. Et, regardant la mienne préparer paisiblement le petit déjeuner, j'ai mesuré ma chance. Certes, la vie n'avait pas toujours été facile, faute de sous, mais tous les sous du monde ne remplaceront jamais l'amour d'une maman. Quant à papa, il semblait chercher le moyen de me dire son affection, son soutien, alors que depuis ce matin son regard ne cessait de me le manifester.

Devine qui Lucas a décidé d'appeler ? Son cher Melchior, bien sûr ! Et j'ai dû employer toute ma force de conviction pour obtenir qu'il ne le réveille pas, une fois de plus, en pleine nuit... Et lorsque j'ai voulu caresser la joue de Pam, qui retenait bravement ses larmes, elle m'a repoussée d'un geste brusque.

– Arrête, maman. Je suis grande !

Oui, sans doute est-ce ainsi qu'on grandit.

À 8 h 30, les enfants rendormis, mes parents dans leur chambre, j'ai appelé Félicien, Thomas à mes côtés.

– Alors, comment va mademoiselle numéro 4 ? m'a-t-il demandé joyeusement.

– À la vérité, moyen-moyen, ai-je répondu.

Et, petit bout par petit bout, je lui ai tout raconté.

– Peux-tu m'accorder un instant ? m'a-t-il demandé d'une voix altérée quand je me suis tue.

– Bien sûr, mais pas trop longtemps.

Il a raccroché.

– C'est un homme bien, s'est contenté de remarquer Thomas.

– Et il aimait beaucoup Gribouille, ai-je remarqué, la gorge nouée.

– Si tu cessais d'en parler au passé ? m'a repris mon compagnon avec une douce fermeté.

Ce n'est pas la voix de Félicien, mais celle du président du jury, Jean-Philippe de Baulieu, que j'ai entendue lorsque, quelques minutes plus tard, le téléphone a sonné.

– Puis-je commencer par vous exprimer, madame, notre solidarité à tous, face à l'attaque dont vous avez été victime. Et qui, je m'y engage, ne restera pas impunie.

– Oh, merci, merci, ai-je bredouillé en retenant mes larmes et serrant fort la main de Thomas.

– Cependant, après délibération avec mes collègues, ainsi qu'avec M. le Maire, nous avons décidé de maintenir le concours, a poursuivi le président, eu égard aux efforts accomplis par les autres concurrents. Et, si vous m'y autorisez, j'ai l'intention, lors de la conférence de presse, d'évoquer le crime commis contre vous.

En nommant la « criminelle » ?

Je me suis tournée vers Thomas qui a incliné la tête.

– Monsieur le Président, puis-je vous demander une faveur ?

– Toutes celles que vous voudrez, madame, a-t-il répondu imprudemment.

– Je souhaiterais être présente lors de cette conférence. Et aussi pendant la visite des jardins. Ainsi aurai-je l'impression de n'avoir pas travaillé pour rien.

– Nous vous attendons, madame.

– 67 –

« Va, cours, vole », ont chanté les fleurs de tous les jardins.

J'ai revêtu ma plus belle robe, celle que je portais le soir où Thomas m'avait invitée à danser, et où imposer l'amour s'était imposé à moi, à nous.

Conférence de presse oblige, je me suis maquillée comme une star, j'ai fait bouffer mes cheveux et, bras dessus, bras dessous avec Thomas, suivie par mes parents, les enfants dansotant autour de nous, j'ai pris le chemin de la mairie.

Ce que la star n'avait pas prévu, c'est la foule sur la place et la meute des journalistes qui l'y attendait, micros au poing.

Je me suis immobilisée.

De l'estrade, entouré du jury, Félicien me faisait signe. J'ai slalomé jusqu'à lui, attrapé sa main et l'y ai rejoint.

– Le silence, s'il vous plaît, a-t-il ordonné d'une voix que je ne lui connaissais pas : ferme, décidée, ardente et aussi émue.

Le silence s'est fait immédiatement.

Presque tout de suite, Jean-Philippe de Baulieu a pris la parole.

– Il avait été prévu que cette matinée se passerait dans l'allégresse, a-t-il commencé... Mais ce qui est arrivé cette nuit à Mme Élisa Genévrier, le saccage de son jardin, en a décidé autrement...

Dans la foule, des « houhou » indignés ont fusé – qui m'ont fait chaud au cœur. Quoi qu'il en soit, pas question de pleurer, l'heure n'était pas aux larmes mais à la colère.

Le président s'est tourné vers Félicien :

– Cependant nous avons décidé, M. le Maire, Mme Genévrier et moi, de maintenir le concours en raison des efforts déployés par les autres concurrents, et des espoirs légitimes qu'il a suscités.

Alors que des applaudissements nourris saluaient cette annonce, d'un geste, Jean-Philippe de Baulieu les a arrêtés.

– Je tiens à spécifier que Mme Élisa Genévrier est d'accord pour répondre aux questions des journalistes, a-t-il repris. Mais j'y mettrai une condition : que ces questions soient posées avec tout le respect qu'exige la situation ; ai-je votre accord sur ce point ?

Des « oui » enthousiastes lui ont répondu. Puis, après un bref silence, une femme, dont le visage ne m'était pas inconnu, a pris la parole.

– Margaux Delorme, de France 3 Bretagne, s'est-elle présentée. Puis-je vous demander, madame, si vous connaissez le nom de la personne qui s'est attaquée à votre jardin ?

D'un bond, Thomas m'a rejointe sur l'estrade.

– Ma mère, a-t-il répondu. « Mme Édith Genévrier.

Un silence épais, stupéfait, incrédule est tombé. Et c'est vers Thomas que les micros se sont dirigés.

– Et savez-vous pourquoi elle a agi ainsi ? a insisté la journaliste.

– Par jalousie, par fureur, parce que Élisa et moi nous nous aimons.

Comment qualifier le silence qui a suivi ces mots ? Cette proclamation d'amour ? Un silence d'une qualité exceptionnelle : religieux ? Fervent ?

Il m'a semblé que je ne l'oublierais jamais… Et qu'ici tous le savaient.

– 68 –

D'autres questions ont été posées, portant sans surprise sur ma belle-mère – le goût du sang ? Thomas y a répondu brièvement, en maîtrisant son émotion.

Puis le président du jury a jugé qu'il était temps de passer aux choses sérieuses : les jardins et leurs thèmes, et là j'ai retrouvé ma voix pour parler du Petit Prince qui m'avait accompagnée depuis le collège et des fleurs qui emplissaient ma vie.

Félicien a raconté fièrement comment lui était venue l'idée du concours pour perpétuer une ancienne tradition. Il a décrit le joli matin où il était venu à « la Buissonnière » pour m'exposer son projet, mon enthousiasme, ma proposition de l'aider, les villages contactés, tous heureux de participer à l'aventure.

Mais l'heure était venue de visiter les jardins.

Jardin numéro un : Adrien Collet – monsieur miel, comme l'avait baptisé Lucas, à Feins. Et le jury a pu admirer les ruches, les abeilles butinant dans les buissons de fleurs afin d'élaborer leur miel. « Un jardin bourdonnant », a remarqué le président. Et il a félicité Adrien pour son action en faveur d'une espèce en danger.

Jardin numéro deux : Héloïse Desombre, à Andouiller : les fruits et les fleurs et les plantes comestibles : reine-des-prés, fleur de courgette, marguerite, pâquerette, violette, j'en passe, et elle a offert au président un bocal de soupe de capucines.

Jardin numéro trois : Pascal d'Entremont, à Guipel. Thème : « Blanc comme neige. » Rien que des fleurs blanches : œillets, pivoines, gardénias, jasmin, orchidées, lys... en un mot, « royal », illustré par une longue et souple écharpe d'hermine.

Jardin numéro quatre : Félicien Tissier et Élisa Genévrier, à Montreuil-sur-Ille.

Aux figurines placées la veille avec mon père, j'avais ajouté ce matin, près du Petit Prince, la rose choisie chez Julien. Et mon ami était bien là, venu comme promis assister à mon « triomphe », me soutenant de son sourire.

Le président a avancé d'un pas, il s'est penché sur les pétales veloutés, et les a longuement respirés.

– Madame, a-t-il dit en se redressant, désormais, quand je verrai une rose, c'est à votre Ombella que je penserai.

Et les regards fiers de mes enfants ont fait déborder mon cœur.

Les autres jardins ont suivi : Gourmet, Gourmand, Artistique, Sans souci, Apprivoisé, Croustillant, jardin « chanson », jardin proverbe… À la vérité, je n'étais plus vraiment là, emportée par les paroles magiques de Thomas : « parce que nous nous aimons », ne pouvant m'empêcher de demander à mes belles ce qu'elles en pensaient.

À votre avis ?

– 69 –

La visite terminée, le jury s'est retiré à la mairie pour délibérer et l'agitation a repris sur la place.

Qui allait l'emporter ? Choisir entre quatorze concurrents, quatorze jardins aussi beaux et variés les uns que les autres, quatorze espoirs, quelle responsabilité ! Chacun y allait de son pronostic et quand Lucas, qui, à son habitude, jouait les espions, est venu me glisser à l'oreille que mon nom circulait, durant un instant, je me suis retrouvée totalement déboussolée. Une simple pression de mon bras par Thomas a suffi à me ramener sur Terre.

À propos de Thomas, comment avaient réagi les enfants à sa déclaration d'amour publique ? Autant que j'ai pu en juger, étant moi-même complètement sonnée, aucune réaction : ni surprise, ni embarras, rien. Comme si tout ça allait de soi. Alors que dans le regard de mes parents j'avais pu lire clairement une sorte de désarroi mêlé de fierté.

Il était presque midi quand les portes de la mairie se sont rouvertes et que Félicien, entouré du jury, est réapparu.

Sans attendre, Jean-Philippe de Baulieu s'est emparé du micro.

– La lauréate de notre concours, nommée à l'unanimité moins une voix, est Mme Héloïse Desombre pour son jardin : « Plantes et fleurs comestibles », a-t-il annoncé.

La seule femme sur la liste. Un hasard ?

Les applaudissements ont explosé, mêlés de quelques sifflets. Sur un signe du président, Héloïse est montée sur l'estrade : un petit bout de femme dans la cinquantaine que nul n'aurait remarquée en d'autres circonstances.

– Si votre jardin a été élu, c'est qu'en quelque sorte il préfigure l'avenir, a déclaré le président. L'arrêt progressif d'une culture intensive qui pollue l'air que nous respirons, entraîne de nombreuses maladies, sans compter les dommages causés à la biodiversité et les dégâts pour les animaux.

Puis Félicien a pris la parole et il a expliqué que, pour autant, cela ne signifiait pas la disparition totale des légumes. Nous continuerions à les consommer mais en moindre quantité, les remplaçant peu à peu par les savoureux produits cultivés par l'héroïne du jour.

Et, lorsque Jean-Philippe de Baulieu a remis à « l'héroïne » un beau diplôme, accompagné d'une médaille du village, tous ont pu voir les larmes ruisseler sur ses joues.

Restait au jury à profiter du repas fin offert par la mairie… accompagné de « savoureux » légumes.

« À l'unanimité moins une voix. » Laquelle avait manqué à notre lauréate ? Nous n'avions pas fini de nous interroger. Il faudrait que je demande à Lucas de se pencher sur le sujet. Résultat assuré.

À peine étions-nous rentrés à la maison que, en habitué des déclarations publiques, Thomas m'a demandée en mariage.

Comme dans les contes de fées, il a mis un genou à terre : « Veux-tu m'accorder ta main ? » Et, tandis que je criais : « Oui, oui, oui, oui, oui », il a glissé à mon annulaire une bague en forme de cœur sertie de diamants. Une vraie, pas de celles qui tombent miraculeusement d'une machine à sous, après qu'on a glissé une piécette dans sa fente et abaissé sa manette un millier de fois.

Un moment de stupéfaction passé, tous nous ont congratulés, sauf Lucas qui a fait la grimace.

– Aujourd'hui on se marie plus, c'est ringard.

– Pas d'accord, même que moi, je trouve ça génial, le mariage, l'a contré Pam, pensant à la robe. Dites, est-ce que je pourrai être votre demoiselle d'honneur ?

– Tous les honneurs que tu voudras, s'est écrié Thomas. Et si ça peut te faire plaisir, je convierai France 3 à venir filmer la cérémonie.

Banco à l'unanimité… Moins une voix : celle de Folcoche.

Et plus besoin de me creuser la tête pour trouver ma vengeance sanglante : France 3 s'en chargerait.

– 70 –

Un grand bonheur ne venant jamais seul, Gribouille nous a été rendu aujourd'hui.

Comme je demandais au vétérinaire si nous pourrions l'emmener avec nous au Canada, il a acquiescé, en y mettant deux conditions : un, il devrait absorber chaque matin un laxatif afin d'achever de purger son organisme. Deux, il lui faudrait observer un régime strict, très strict, pour lui éviter une rechute.

Gribouille un régime strict, très strict ? Vous plaisantez. J'entendais déjà le rire de Melchior, partagé entre hilarité et fureur. J'ai échangé un regard complice avec Pam et nous avons promis au véto tout ce qu'il voulait. On verrait bien.

Et on a vu : un troisième bonheur nous est tombé dessus, jamais deux sans trois.

Il était 11 heures, ce 20 juillet, lorsqu'on a tambouriné à la porte de « la Buissonnière ». Allant ouvrir, Thomas s'est retrouvé nez à nez avec son père.

– Vite, faut me planquer ! a crié celui-ci.

Thomas n'a pas hésité. Après avoir refermé la porte à double tour, il l'a emmené dans la chambre du fond : une petite pièce fourre-tout comportant une vaste armoire où les enfants adoraient se cacher et jaillir comme des diables alors que nous les cherchions partout : « Coucou, nous voilou. »

Et bien sûr, les enfants étaient là, regardant leur grand-père avec des yeux énamourés, en hésitant encore à croire au miracle : il avait enfin choisi son camp.

Il s'en est expliqué. Moi, je retrouvais mon de Gaulle !

Cette fois, c'était fini, bien fini ! Il ne supportait plus cette femme, cette harpie – oui, cette « harpie » – qui, jour et nuit, déversait sa haine sur sa famille, haine qui était encore montée d'un cran après l'interview diffusée par France 3. Alors, profitant du départ de sa femme au marché, Georges avait fourré l'essentiel dans un sac et décampé.

Les enfants ont laissé éclater leur joie et Thomas et moi ne nous sommes pas privés de féliciter Georges pour son courage. Ce jour où il se révolterait enfin, nous l'attendions depuis si longtemps. Thomas lui a dit qu'il pouvait compter sur lui pour l'épauler, le guider, le soutenir tout au long de la procédure de séparation ou de divorce. Il connaissait un avocat…

Nous nous apprêtions à succomber à un second petit déjeuner – avec brioche – quand un bruit de pneus sur le gravier de la cour nous a avertis du retour de la « harpie ».

Après avoir adressé aux enfants un signe apaisant, Thomas est allé regarder par l'œilleton de la porte. Et ça n'a pas tardé : trois minutes plus tard, sa mère y frappait à coups redoublés.

– Georges, je sais que tu es là, a-t-elle hurlé. Ouvre-moi tout de suite.

– Papa est là, en effet, a répondu calmement Thomas. Il a décidé de s'installer chez Élisa. Peut-on te demander de respecter…

Un rire mauvais lui a répondu.

– Respecter qui ? Un abruti et une pompeuse de fric ? Et puis quoi encore ? Si c'est la guerre que vous voulez, bonne chance, préparez-vous à l'avoir.

Et après un dernier coup de pied à la porte, elle nous a tourné le dos.

La guerre ?

Emportés par l'enthousiasme, nous avions été un peu vite en besogne, oubliant tout simplement que dans trois jours, le 22 juillet prochain, nous nous envolerions pour le Québec. Qu'adviendrait-il alors de Georges ? Même sous bonne protection – quelle protection ? – la « guerrière » aurait tôt fait de le récupérer et en faire son prisonnier.

Et c'est bien sûr Lucas qui a trouvé la solution qui s'imposait : l'emmener avec nous là-bas.

J'ai tenu à appeler moi-même Melchior. Sans lui laisser le temps de placer un mot, je lui ai tout balancé. Et, cette fois, il n'a pas ri.

J'ai poursuivi : « Peux-tu lui dégoter un billet d'avion, décollant, si possible, le même jour que nous ? »

Et, comme il semblait hésiter, j'ai ajouté : « Sinon je ne pense pas que nous pourrons venir. »

Chantage ? Chantage.

– T'fais pas de mouron, la gamine, j'm'en occupe, a répondu mon frère. Patiente juste une petite minute.

Et bien sûr, une grosse minute plus tard, c'est la « patronne » qui me rappelait.

– Un billet d'seconde pour un vol en partance deux heures avant le vôtre, ça t'boume ?

Évidemment qu'ça m'boumait. Et j'aurais bien embrassé Mahaut, même si quelque chose me disait qu'elle piquait.

Brioche.

– 71 –

À peine avais-je raccroché que Claude m'appelait.

– Faut que je te parle, je peux venir ?

Sur le point de dire « non », je me suis ravisée : comment refuser de voir mon amie de toujours ?

– À condition que tu suives mes instructions à la lettre.

– Oh là là, quelle autorité !

Sans trop entrer dans les détails, je lui ai appris que ma belle-mère faisait le siège de la maison pour récupérer son mari qui s'y était réfugié. Elle devrait donc éviter la porte principale pour emprunter celle de derrière, en principe condamnée. Je lui raconterais tout ça dès qu'elle serait là.

Sans surprise, les enfants me sont tombés dessus : « Que me voulait cette sale égoïste qui ne roulait que pour elle ? Vu les circonstances, n'aurais-je pas pu remettre sa visite à plus tard ? Et cesserais-je jamais de me laisser embobiner par elle ? »

Une fois de plus, sous le regard compatissant de Thomas, j'ai tenté de leur expliquer qui avait été Claude pour moi. En tout cas pas une « embobineuse », ou c'était moi qui l'avais bien voulu. Comme ils le savaient, nous nous étions connues au collège Antoine-de-Saint-Exupéry. Et alors qu'elle aurait pu avoir toutes les amies qu'elle souhaitait, c'était moi qu'elle avait choisie, prise sous son aile. Moi, la gamine terrorisée par les autres, plus jolies, plus soignées, mieux élevées, avec des gourmettes, des colliers, des médailles et tout. Et c'est comme ça qu'elle avait changé ma vie.

Mais face aux soupirs lassés de mes Deux, leurs haussements d'épaules, j'ai fini par renoncer. Et quand, une petite demi-heure plus tard, Claude est arrivée, j'ai été soulagée.

Laissant les enfants à Thomas, Georges ayant regagné sa chambre, j'ai entraîné mon amie dans la mienne. Nous nous sommes assises sur mon lit, adossées à mes oreillers, et là, patiemment, je lui ai dévidé toute l'histoire : le saccage de mon jardin par Folcoche le jour du concours, sa tentative d'empoisonner Gribouille, la courageuse décision de son mari de la quitter et son débarquement ici, me suppliant de le cacher ; j'ai terminé par ma proposition de l'emmener avec nous au Canada. Et là, je n'ai pu m'empêcher de rire : huit personnes, dont un chien, feraient partie du voyage. Soit à peu près le double de ce qui avait été prévu initialement.

Claude a fondu en larmes.

Ce voyage, elle avait rêvé de le faire avec moi. Elle s'y était même préparée en douce, demandant à Daniel s'il pouvait s'occuper totalement de Benjamin durant son absence, prévoyant sa garde-robe, prenant rendez-vous chez l'esthéticienne. Tout ça, bien sûr, sans jamais y croire vraiment. Oui, un beau rêve.

Et voilà que je lui assenais, la bouche en cœur, mon intention d'emmener tout le monde là-bas, y compris le sale clébard qui la détestait et montrait les crocs dès qu'il la voyait.

Tout le monde… sauf elle.

Émue par son chagrin, j'ai pris les mains de Claude dans les miennes, et je les ai serrées fort. Ces mains aux doigts chargés de bagues très chères, mais qui ne signifiaient rien pour elle, n'évoquaient aucun doux souvenir, ne dégageaient aucune chaleur. Juste du clinquant, de l'ostentatoire, pour cacher la blessure sous leur éclat : l'amour lui avait manqué.

Je lui ai dit que je la comprenais, que j'allais appeler très vite Melchior pour lui demander, si possible, de réserver un billet d'avion pour elle, dans les mêmes dates que nous.

Si possible.

J'ai menti à mon amie, car, au fond de moi, je savais que je n'en ferais rien, persuadée que, si nous l'emmenions, elle se débrouillerait pour gâcher notre voyage : « Et moi, et moi, et moi ? »

Me posant une fois de plus la grande question qui, de nous deux, était la plus forte ?

Devinez.

– 72 –

21 juillet, veille du grand départ. Embarquement demain matin à 9 h 30 à l'aéroport Charles-de-Gaulle à Roissy. Arrivée six heures plus tôt – décalage horaire oblige – à « Jean-Lesage » où Melchior viendrait nous chercher.

Charles-de-Gaulle se trouvant à 320 kilomètres de Montreuil-sur-Ille, à ne pas confondre avec Montreuil sous-Bois près de Paris, Thomas, grand seigneur, a décidé de partir la veille et dormir sur place dans un hôtel quatre étoiles. Une chambre pour mes parents, une pour Georges, une pour les enfants, la dernière pour le sieur Gribouille, Thomas et moi.

Sa chère Torpédo ne pouvant contenir sept passagers plus un chien – sans compter les bagages –, il a loué une confortable et luxueuse Estafette, qui nous mènerait à l'aéroport en un peu moins de quatre heures – arrêts pipi pour deux et quatre pattes inclus.

Pour la petite histoire, au moment du départ, Gribouille avait disparu, provoquant une panique générale. Pam l'avait retrouvé planqué sous un sac.

Pour la grande, Georges, lui, s'était dissimulé sous un blouson à capuche, de peur d'être repéré par sa tendre épouse et empêché de partir.

Un voyage malgré tout plein de cris de joie, d'aboiements heureux et de bon goût de liberté.

Arrivé à destination, chacun prit possession de sa chambre, et il fallait voir le bonheur des enfants – qui n'avaient jamais connu ça – devant l'écran géant de la télévision, les jeux vidéo à volonté et le bar plein de coca et zakouskis divers, qu'ils ont engloutis sans se demander s'ils étaient payants. Passons, la fête c'est la fête…

J'allais oublier la baignoire *queen size* à remous, dont Lucas a usé et abusé.

Vers 20 heures, nous nous sommes tous retrouvés dans la somptueuse salle à manger avec maître d'hôtel à gants blancs et serveurs à courbettes. Et, s'ils ont un peu gêné mes parents, qui ne savaient quels couverts employer, ils ont enchanté Pam qui jouait les princesses, tout en dégustant, ainsi que son frère, des hamburgers géants, pas du tout accordés au décor et qui on fait tiquer le personnel.

Épuisés par l'aventure, mes parents, Georges, Thomas et moi sommes montés nous coucher tôt.

Victime d'un *burn-out*, Gribouille a été, exceptionnellement autorisé à dormir sous la couette où il a ronflotté toute la nuit de bonheur.

J'ignore si les enfants ont dormi, mais le lendemain, pile à l'heure, ils étaient au rendez-vous dans le hall du quatre étoiles, gavés par un p'tit déj' royal servi au lit.

La chance ayant voulu que Georges décolle en premier, nous avons pu le voir monter dans son avion. Et le sourire radieux qu'il affichait m'a soufflé qu'il pourrait bien rester là-bas, échappant ainsi définitivement à la harpie.

– 73 –

22 juillet, enfin.

Enfin ?

Je revois la famille dans l'avion, occupant deux rangées de sièges, moi la tête sur l'épaule de Thomas, sa main serrant la mienne, volant au-dessus d'un édredon de nuages, dans un ciel libéré, illuminé par le soleil.

Soudain, la voix de Melchior a retenti dans mon oreille : « Ça va, Simplette ? » Et m'a envahie un sentiment d'allégresse mêlée de fierté. Oui, ça va, et même très bien, mon frère. Finalement, on peut dire que ta Simplette s'en est plutôt bien tirée : une maison, un jardin, deux enfants chéris, deux hommes – pardon mon Hervé.

Et mes bien-aimées, les fleurs.

Vous savez, il ne suffit pas de leur parler, encore faut-il qu'elles vous entendent, qu'elles vous répondent. Certains appellent ça « avoir la main verte » et, côté vert, on peut dire que j'aurais été gâtée-pourrie, n'est-ce pas mes belles, mes capucines, mes marguerites, mes pensées, mes lys, bluets, pâquerettes, violettes, jasmins, pivoines, j'en passe.

Et voilà que j'en faisais le compte, nommais chacune, caressais leurs pétales en prenant soin de ne pas les froisser, admirais la souplesse de leurs tiges, m'enivrais de leur parfum.

– Madame, s'il vous plaît.

J'ai sursauté. Une hôtesse de l'air, au joli chapeau bleu, me tendait une coupe de champagne. Je l'ai prise, suivie par les adultes. Les enfants, eux, ont eu droit à un jus de fruit et des sablés.

Bien sûr, Thomas a voulu trinquer. Pourquoi pas à un petit frère où une petite sœur que nous leur ramènerions de là-bas ? Oui, pourquoi pas ? Moi, j'ai levé ma coupe à une autre naissance, ou plutôt une renaissance, celle de mon jardin détruit, saccagé, jeté aux orties comme on dit, même si, avec les orties, vous pouvez faire de délicieux potages, à condition d'y ajouter un jaune d'œuf par convive, une cuillerée à soupe de farine, crème et croûtons.

Tiens, et si je plantais des orties dans mon futur jardin ? Même si planter des orties, hum. Et j'en connaissais qui feraient la fine bouche, joueraient les offensées, n'est-ce pas, mes princesses ?

– Hé, maman, t'es où ?

La voix irritée de Lucas.

J'ai croisé le regard de mon fils, et j'y ai lu le reproche, mais aussi la crainte : « Maman, t'es où ? » Avait-il compris que je n'étais plus tout à fait là, qu'une partie de moi, la plus importante, mon cœur, mon âme, était restée à Montreuil, dans mon jardin, avec celles qu'il s'amusait à appeler « mes filles » ?

Eh oui, Lucas, pardon. Et pardon à toi, ma Pam, à ma famille, Thomas, ce voyage tant attendu, désiré, je ne le ferai pas vraiment avec vous, je suis déjà à l'ouvrage, la « belle ouvrage », comme on dit d'une œuvre d'art.

Sitôt rentrée, je commencerai par retourner la terre, en prenant garde à n'y laisser aucune trace du saccage. Puis j'y mettrai de l'engrais, surtout pas de celui qui pollue, détruit la couche d'ozone et nuit à la santé de tous, y compris à celle de nos amis les animaux. Du bon engrais à ma façon, qui nourrit, enrichit, fertilise la terre.

Puis sera venu le moment de planter.

En juillet, le sol, gavé de chaleur par l'été, est prêt à accueillir toutes sortes de fleurs. Il suffit de donner à chacune de ces demoiselles la place qui lui convient, n'en léser ni offenser aucune, n'est-ce pas, mes princesses ?

Guidée par les humeurs du ciel, les caprices du soleil, le doux ruissellement de la pluie, le bourdonnement des abeilles, le chant des oiseaux, ma main verte, mon inspiration, mon amour tout simplement. Petite goutte d'eau dans la mer, petite goutte d'eau dans le désert, j'œuvrerai.

Qu'en pensez-vous mes belles, mes filles, mes sœurs, ma respiration, ma raison d'être, mon plus grand bonheur, ma vie ?

CHEZ D'AUTRES ÉDITEURS (*suite*)

Histoire d'amour, Robert Laffont
Le Talisman, Robert Laffont
(La Chaloupe, tome I)
L'Aventurine, Robert Laffont
(La Chaloupe, tome II)
Allez France, Robert Laffont
Je serai la Princesse du château,
Éditions du Rocher
Un amant de déraison, Éditions du Rocher
Loup y es-tu ?, Robert Laffont
N'ayez pas peur, nous sommes là, Flammarion
Chuuut !, Robert Laffont
Au plaisir d'aimer, Flammarion
Une femme, Flammarion

Tous les livres cites sont également publies au Livre de Poche, excepté les romans des éditions Robert Laffont, publiés chez Pocket.

Cet ouvrage a été imprimé en France par
CPI Brodard & Taupin
Avenue Rhin et Danube
72200 La Flèche (France)

pour le compte des Éditions Fayard
en avril 2023

Photocomposition Belle Page

PAPIER CERTIFIÉ

fayard s'engage pour l'environnement en réduisant l'empreinte carbone de ses livres. Celle de cet exemplaire est de :
550 g éq. CO_2
Rendez-vous sur www.fayard-durable.fr

Dépôt légal : avril 2023
N° d'édition : 25-1667-7/01 - N° d'impression : 3052291